Grund- und Leistungskurs
Französisch

La grande aventure

von
Eberhard Haar

Max Hueber Verlag

Herausgeber der Reihe *Grund- und Leistungskurs Französisch:* Eberhard Haar

CIP-Kurztitelaufnahme der Deutschen Bibliothek

Grund- und Leistungskurs Französisch / [Hrsg. d. Reihe:
Eberhard Haar]. — München [i.e. Ismaning]: Hueber
La grande aventure / Eberhard Haar. [Hauptbd.]. — 1. Aufl.
— 1983.
ISBN 3–19–003158–4
NE: Haar, Eberhard [Mitverf.]

Alle Rechte, auch die des Nachdruckes, der Wiedergabe in jeder
Form und der Übersetzung in andere Sprachen, behalten sich Urheber
und Verleger vor. Es ist ohne schriftliche Genehmigung des Verlages
nicht erlaubt, das Buch oder Teile daraus auf fotomechanischem
Weg (Fotokopie, Mikrokopie) zu vervielfältigen oder unter Verwendung elektronischer bzw. mechanischer Systeme zu speichern,
systematisch auszuwerten oder zu verbreiten (mit Ausnahme der in
den §§ 53, 54 URG ausdrücklich genannten Sonderfälle).

1. Auflage 1983
3. 2. 1. | Die letzten Ziffern
1987 86 85 84 83 | bezeichnen Zahl und Jahr des Druckes.
Alle Drucke dieser Auflage können, da unverändert, nebeneinander
benutzt werden.
© 1983 Max Hueber Verlag München
Umschlaggestaltung: Dieter Vollendorf, München
Satz: Focotex Nowak, Berg/Starnberger See
Druck: Storr-Druck GmbH · München
Printed in Germany

ISBN 3-19-003158-4

Inhalt

Vorwort 5

I. En route vers l'inconnu
1. J. P. Aymon: Une école en mer 8
2. A. de Penanster: L'Europe pas à pas 12
3. P. Dollfus et S. Samson: Deux jeunes filles au Ladakh 16
4. G. Pérec: Départ vers l'inconnu 20

II. A la recherche de ses limites
5. J. Potherat: Paris – Dakar: la course folle 26
6. M. Herzog : Annapurna, premier 8000 30
7. A. Pelgrand: Amérique – Russie en planche à voile 34
8. R. Doublier: Dans les coulisses de la cascade 38

III. Expériences insolites
9. J. Kessel: Mon ami, le lion 44
10. Ch. Recking: Martin n'est pas rentré 48
11. H. Troyat: L'avion fantôme 52
12. Les pommes d'or du paradis 56

IV. La mort en face
13. G. Arnaud: Le salaire de la peur 62
14. St. Exupéry: Au centre du désert 66
15. H. Alainmat: Aux portes de l'enfer 70
16. H. Charrière: Dans les cachots de la mort 74

Vocabulaire de l'analyse et du commentaire de texte 78
Appendice lexical et grammatical 80
Quellennachweis 96

Vorwort

Die Forderung nach erlebnisintensiven authentischen Texten stellt den Lehrer der Sekundarstufe II vor nicht unerhebliche Probleme: inhaltlich sollen die Texte so beschaffen sein, daß sie sich interpretieren lassen und in sprachlicher Hinsicht müssen sie die Möglichkeit bieten, die in den curricularen Lehrplänen geforderten Fertigkeiten zu überprüfen. Gerade der den Schüler besonders ansprechende Text mit Spannungselementen in bezug zur Wirklichkeit wird vom Lehrer häufig als zu anspruchslos eingestuft, weil, bedingt durch die inhaltliche Progression, die Komplexität menschlichen Verhaltens oft nicht genügend zum Tragen kommt. In der vorliegenden Sammlung wird versucht, durch Bereitstellung ansprechender Texte mit zumeist dramatischem Geschehen, das die Protagonisten zu persönlicher Bewährung in menschlichen Grenzsituationen herausfordert, den Kollegiaten zur sprachlichen Selbstäußerung und engagierten Stellungnahme zu veranlassen. Die Auswahl erfolgte unter dem Gesichtspunkt der Textqualität, der gehaltlichen und formalen Differenziertheit und vor allem der Resonanz, die ein breites Spektrum vorgelegter Materialien bei den Kollegiaten französischer Leistungskurse fand. Neben nicht-fiktionalen Texten wurden auch literarische Auszüge, die durchwegs von Autoren des 20. Jahrhunderts stammen, in diese Sammlung aufgenommen.

Die Textaufbereitung orientiert sich ar Arbeitsformen, die in den einheitlichen Prüfungsanforderungen aller Bundesländer (EPA) festgelegt sind.

Ein Appendice lexical et grammatical bietet im Anschluß an die einzelnen Texte die Möglichkeit, die sprachlichen Kenntnisse zu festigen. Dabei werden zur Überprüfung der Kenntnisse in der Grammatik nicht mehr isolierte Erscheinungen in Einzelaufgaben abgefragt; um Grammatik anschaulich und lebendig darzubieten, wurden die Übungen in Situationen eingebettet, die sich thematisch dem entsprechenden Text zuordnen lassen, ihn abrunden oder ergänzen.

Das Lehrerheft zu dieser Sammlung enthält neben den Lösungen zu den Aufgaben des appendice grammatical auch Anregungen zur Beantwortung der Fragen zu den Texten und zur Durchführung der kommunikativen Übungen.

Der besondere Dank des Verfassers gilt Mlle Anne-Françoise Le Lostec und M. Pierre Dubocq für die Durchsicht des Manuskripts auf sprachliche Richtigkeit und den Kollegiaten der Leistungskurse Französisch des Clavius-Gymnasiums Bamberg für vielfältige Anregungen bei der gemeinsamen Erarbeitung der Texte.

Eberhard Haar

I.
En route vers l'inconnu

1. Une école en mer

Le 31 mars 1977, les Campé ont quitté La Rochelle pour un tour du monde en voilier, avec leurs quatre enfants et une institutrice. Joachim et Marie Campé nous parlent de leurs aventures.

Dès la première étape, l'institutrice Dagmar Haeckel a pris sa classe en main. Les enfants ont tout de suite admis la nécessité de l'école: l'école en mer, mais l'école aussi à terre, et c'est peut-être aux escales que les leçons ont été les plus enrichissantes.

Marie: — Dès notre arrivée aux Açores, dix jours seulement après le départ de La Rochelle, les enfants sont partis à la découverte de l'île. Ce sont eux qui, les premiers, ont vu où l'on pouvait laver le linge, où se trouvait la boulangerie. Ils ont des rapports avec les habitants bien plus faciles. Ce ne sont pas des touristes, des étrangers, mais des enfants. Ils s'arrangent avec d'autres enfants. Sylvestre est le plus impatient d'explorer les nouvelles terres, de partir à la découverte des oiseaux inconnus et de copains tout neufs. Le journal de bord de Sylvestre comprend déjà une douzaine de cahiers. Il a dessiné et colorié, en marge, toutes les plantes qu'il a rapportées. Les quatre enfants ne s'ennuient jamais et leurs parents en sont encore tout étonnés.

Marie: — Je pensais qu'ils auraient besoin de plus de distractions. Ils ont trouvé, mieux que nous, leur rythme à bord. Ils ont école le matin, et, après le déjeuner et la sieste, ils organisent eux-mêmes leur emploi du temps. C'est fou ce qu'ils peuvent inventer! Avec du carton, ils construisent des châteaux, les tours de La Rochelle en miniature. Ils jouent aux dames et aux échecs. Laetitia a commencé à broder et à peindre. Ils pêchent à la traîne, ils ont fondé un orchestre — n'importe quoi, y compris les casseroles, leur servant d'instruments. Il y a aussi la gravure sur bois et la fabrication de modèles réduits de bateaux.

Pourtant, la mer n'est pas toujours commode, surtout quand la tempête se déchaîne. Des Açores au Labrador, la traversée a duré trente-cinq jours.

Joachim: — Le brouillard a été pour moi l'expérience la plus angoissante. Pendant plusieurs jours, nous avons été cernés de toutes parts par une muraille grise. Nous ne voyions rien. Nous dépendions du radar. L'écran indiquait la position des bateaux que nous croisions, ou la proximité d'un iceberg. Et si le radar était tombé en panne?

Marie: — Aucun de nous sept n'a peur. Pas plus des vagues, de la tempête que, simplement, de la solitude en mer. C'est un sentiment que les enfants ignorent, et ils savent pourtant que si l'un de nous tombe à la mer il n'a que des chances dérisoires de s'en tirer. Je ne parviens pas à me l'expliquer.

Joachim: — Nous avons été récompensés en arrivant au Labrador. C'est notre meilleur souvenir. Des criques désertes, les rencontres avec les baleines. C'est alors qu'on a commencé à se sentir en communion avec la nature. On a pêché, on s'est nourri uniquement de morue que Marie préparait de dix façons différentes.

Et quelle leçon peuvent-ils tirer de ces 80 années en mer?

Joachim: — J'ai toujours eu peur de perdre mon temps avec des choses qui ne sont pas vraiment importantes. Pendant deux ans, je n'ai pas perdu mon temps.

Tiré de: Jean-Paul Aymon, «Une famille à la mer», L'Express, 25 août 1979, p. 57f.

Annotations

(11) *une escale:* endroit où un bateau ou un avion s'arrête un certain temps — (29) *la marge:* espace blanc à gauche ou à droite d'un texte écrit ou imprimé — (43) *broder:* dt. sticken — (44) *à la traîne:* dt. mit dem Schleppnetz — (46) *la casserole:* dt. Pfanne, Tiegel — (47/48) *la gravure sur bois:* dt. Holzschnitt — (56/57) *être cerné:* être entouré de toutes parts — (57) *la muraille:* très gros mur — (61) *la proximité:* situation d'une chose qui est à peu de distance d'une autre — (69) *dérisoire:* minime, très faible — (73) *la crique:* petite baie — (74/75) *la baleine:* dt. Walfisch — (78) *la morue:* dt. Kabeljau

Compréhension du texte

1. Pourquoi les enfants Campé ont-ils joué un rôle important lors des escales de la famille?
2. Quels étaient les passe-temps préférés des enfants?
3. Pourquoi le brouillard était-il un danger réel pour la famille?
4. Quels autres dangers guettaient les Campé durant leur voyage?
5. Pourquoi le Labrador a-t-il autant fasciné les Campé?
6. Résumez les raisons pour lesquelles la vie des enfants des Campé en mer était différente d'une vie ordinaire à terre.

Analyse

7. En quoi les passe-temps des jeunes Campé étaient-ils différents de ceux des autres enfants? A votre avis, étaient-ils plus enrichissants? Pourquoi?
8. Marie ne parvient pas à s'expliquer qu'aucun des enfants n'ait eu peur. Pourriez-vous trouver une explication à cela? Laquelle?
9. Interprétez les deux dernières phrases de Joachim («J'ai toujours eu peur ...»).
10. Quels traits de caractère attribuez-vous à ce couple après avoir lu ce texte?
11. Relisez le texte. S'agit-il d'une interview, d'un reportage, d'une description, d'un récit ou d'autre chose? Essayez de caractériser le texte.

Commentaire

12. Qu'auriez-vous craint le plus pendant un tour du monde à la voile, et pourquoi?

13. Pensez-vous qu'il soit possible de vivre en communion avec la nature de nos jours? Si oui, comment?
14. Et vous, que préférez-vous? Une vie tranquille et sécurisante ou plutôt une vie mouvementée, remplie d'aventures et pleine de risques?
15. Que peut-on faire pour rendre sa vie passionnante?
16. Croyez-vous qu'on perde souvent son temps au cours de sa vie? Justifiez votre point de vue.

Communication — créativité

17. Faites une liste des choses qui vous semblent indispensables pour un tour du monde à la voile.
18. Quels différents repas proposeriez-vous à votre famille au cours d'un tel voyage? Faites les menus pour trois jours.
19. Faites une liste de tous les passe-temps que vous connaissez. Lequel préférez-vous? Pourquoi?
20. Rédigez une page du journal de bord de Sylvestre.
21. Discutez des avantages et des inconvénients d'une école semblable à celle que les enfants des Campé fréquentaient en mer.

2 L'EUROPE pas à pas

Jérôme et Juliette Gueldry ont chacun 75 ans. Pour la seizième année consécutive, ils ont entrepris, à partir du 16 juillet, leur longue marche de l'été.
Principe simple: choisissez une ville d'Europe, tirez un trait sur les cartes, depuis votre domicile jusqu'à ce but, et tracez, ensuite, votre itinéraire en suivant au plus près cette ligne droite, y compris par les sentiers. Une trentaine de kilomètres chaque jour, quel que soit l'état du ciel ou du corps. Logement à l'hôtel, chez l'habitant, où l'on pourra. Chaque petit matin, on redémarre.

Partis de leur maison grise de Pully, faubourg de Lausanne, ils ont ainsi atteint, sac au dos, des villes choisies dans toutes les directions: Lisbonne, Budapest, Oslo, Edimbourg, Brindisi. Leur record remonte à 1978: Lausanne — Stockholm, 2170 kilomètres en soixante-douze jours, dont cinquante-deux jours de pluie. Jérôme a perdu neuf kilos; Juliette, cinq.

La règle est stricte: jamais de crochet touristique. A se laisser tenter par ce qui «vaut le détour», on n'avancerait plus. Et, d'ailleurs, ce couple de marcheurs a déjà fait, un peu partout, ample moisson de sites signalés par les guides. Pour aboutir, il faut donc s'en tenir au seul couloir fixé par les hasards de la carte géographique. Et y vivre pleinement. La ligne droite vers Madrid coupe, près de Lyon, la cité ouvrière de Vénissieux? Très bien. Jérôme y marchera à la boussole. En revanche, il traversera moins facilement l'agglomération du Grand Londres. Faubourgs difficiles à identifier sur la carte, quartiers antillais ou pakistanais souvent peuplés d'inquiétants mauvais garçons: il était bien tentant de se préserver en prenant l'autobus! Pourtant, la règle du 100% à pied restera la plus forte.

Les sierras de l'Espagne du Nord leur paraissent aujourd'hui comme l'une des pires régions d'Europe. Chaleur et lumière sans limite dans un désert lunaire. Le thermomètre médical, enfoui au milieu du sac, sera bloqué à 42°. Le maximum. Ce jour-là, Jérôme et Juliette envisagent d'abandonner. Ils continuent seulement encore un peu. «Pour voir.» Comme la situation ne s'aggrave pas, ils poursuivent la marche...

L'autre grande épreuve, ce fut la Suède. Certes, l'air y est léger, l'eau abondante; les lacs et les forêts ignorent la pollution et les fleurs sauvages du Nord brillent de couleurs pour célébrer l'été trop court. Alors, que manque-t-il? Des maisons et des hommes. De temps en temps, une voiture passe à toute vitesse sur la route déserte.

Puis revient le silence. Parfois plus de 30 kilomètres séparent deux hameaux. Le territoire suédois semble exclusivement fait pour l'automobile. C'est la seule région d'Europe où l'homme n'a pas cherché à occuper intensivement l'espace. Le marcheur, habitué à rencontrer partout des interlocuteurs, s'y trouve désemparé.

Seulement, le corps a ses servitudes. Pour repartir le lendemain, on doit avoir passé la nuit précédente à l'abri. Donc, trouver un gîte acceptable. C'est presque toujours possible. Il y a toujours un petit hôtel, une pension ou une chambre à louer tous les trente kilomètres. (Quarante en Suède ...) Encore faut-il que ce couple de vagabonds, vêtus sans élégance, sans valise ni signes extérieurs de richesse, puisse se faire accepter. Parfois, ils essuient un premier refus: «Vous trouverez un autre hôtel, plus loin, à vingt-cinq kilomètres. – Mais c'est que nous sommes à pied! – Ah bon!» Nouveau coup d'œil pour évaluer ces drôles de clients. Puis, cela s'arrange (presque) toujours. En Lozère, on leur a loué une chambre à condition qu'ils s'y laissent enfermer à clé.

Il faut bien en arriver à la question: pourquoi s'imposent-ils cet exploit à 75 ans? Pour gagner un sursis contre la vieillesse? Rires. «Non. Personne n'y échappe. Lorsqu'il faudra nous arrêter, nous le ferons. La marche permet d'abord de mesurer son propre effort. C'est une école de raison. Nous nous sentons mobiles, indépendants. A pied, on vit constamment la minute de vérité. Et la découverte du monde à un rythme inhabituel. Cela vaut la peine.»

Tiré de: Alain de Penanster, «Les Gueldry ou l'Europe pas à pas», L'Express, 9 août 1980, p. 58 f.

Annotations

(8) *tracer un itinéraire:* indiquer la route à suivre — (15) *redémarrer:* se remettre en marche, partir de nouveau — (26) *le crochet:* ici: le détour — (30/31) *faire ample moisson:* amasser en grande quantité — (32) *aboutir:* réussir, arriver — (38) *à la boussole:* dt. nach dem Kompaß — (45) *se préserver:* se protéger, se mettre à l'abri — (52/53) *enfouir:* placer à l'intérieur, au milieu d'autre chose — (62) *la pollution:* dt. Verschmutzung — (70) *le hameau:* petit groupe de maisons situé à la campagne — (76) *un interlocuteur:* personne qui parle avec une autre — (77) *désemparé:* qui ne sait plus que dire, que faire — (78) *la servitude:* ici: la contrainte — (81) *le gîte:* lieu où l'on peut coucher — (89/90) *essuyer un refus:* dt. eine Absage einstecken — (94) *évaluer:* juger — (96) *la Lozère:* département dans le massif des Cévennes — (101) *le sursis:* remise à une date postérieure, durée supplémentaire

Compréhension du texte

1. Quelles sont les difficultés majeures que les Gueldry ont rencontrées pendant leurs marches d'été?
2. Pourquoi la règle que les Gueldry se sont imposée se révèle-t-elle souvent difficile à observer?
3. Pourquoi l'Espagne du Nord et la Suède ont-elles représenté de rudes épreuves pour le couple?
4. Comment vous expliquez-vous que les Gueldry ont souvent eu des difficultés à se faire accepter dans les hôtels?
5. Que pensent les Gueldry de la vieillesse?

Analyse

6. L'exploit des Gueldry, relaté dans ce texte, vous semble-t-il raisonnable ou un peu fou? Justifiez votre position en vous référant au texte.
7. Pourquoi les Gueldry s'imposent-ils cet exploit à 75 ans? Analysez de façon critique les raisons que les Gueldry avancent pour justifier leurs marches.
8. «Jamais de crochet touristique!» (1. 26/27)
   Ne croyez-vous pas que l'exploit des Gueldry perd beaucoup de son intérêt à cause de ce principe?

9. Croyez-vous que les renseignements fournis dans ce texte quant aux pays parcourus soient objectifs ou au contraire pleins de préjugés? Analysez leur valeur respective.
10. Expliquez le sens de la remarque suivante: «La marche, c'est une école de raison.» (1. 102)

Commentaire

11. On vous invite à participer à une marche d'été: six semaines uniquement à pied. Acceptez-vous ou refusez-vous? Pourquoi?
12. L'Europe mérite mieux que d'être parcourue en voiture à vive allure. Commentez.
13. Beaucoup de gens ont dit aux Gueldry: «J'aimerais faire comme vous, si je n'avais pas . . ., s'il n'y avait pas . . .». A votre avis, qu'exprime une telle attitude?
14. Quel est le pays d'Europe que vous voudriez absolument visiter? Lequel ne vous intéresse pas du tout? Expliquez votre choix.
15. Que pensez-vous des marches dites populaires?
16. Après chaque voyage, les Gueldry sont arrivés à la même constatation: on ignore le marcheur ou même on le refuse. Comment pourrait-on expliquer ce phénomène?

Communication — créativité

17. Faites comme les Gueldry: choisissez une ville d'Europe, tirez un trait sur la carte, depuis votre domicile jusqu'à ce but, et expliquez votre itinéraire pour atteindre cet endroit. Quelles seront les étapes les plus intéressantes, les plus monotones, les plus fatigantes?
18. Faites une liste de l'équipement qui serait nécessaire pour une marche d'au moins six semaines. Réfléchissez bien: tout doit tenir dans votre sac à dos.
19. Faites un budget: combien d'argent comptez-vous dépenser? Comment pourrait-on limiter ses dépenses au cours d'une telle entreprise?
20. Après une longue journée de marche, vous arrivez à un petit hôtel avec votre copain (copine). D'abord, on refuse de vous loger — on vous prend pour des vagabonds. Puis, cela s'arrange.
    Imaginez le dialogue.

3 Deux jeunes filles au Ladakh

Pascale Dollfus et Séverine Samson sont parisiennes, cousines, et elles ont 19 ans. Elles voyagent ensemble depuis longtemps. L'Europe du Nord, la Grèce, puis l'Amérique latine ... et enfin le Ladakh. Comme d'autres jeunes gens attentifs, Pascale et Séverine pensent voyage au lieu de penser tourisme. Voici un extrait de leur récit de voyage au Cachemire.

Si nous avons choisi le Ladakh, ce n'est pas pour escalader des sommets inconnus ou pour trouver l'équilibre spirituel auprès des moines bouddhistes. Tout simplement, nous voulions connaître un pays lointain et rencontrer ses habitants.

La décision prise, il fallait préparer le voyage. Cette préparation s'est limitée au choix du transport (l'avion, le moins onéreux), à l'achat d'une bonne 'doudoune' cloisonnée, d'une couverture de survie, et de sucettes, bonbons et autres petits objets dont on nous avait dit que les Ladakhis sont friands. En effet, comment planifier un circuit sans savoir quelle serait notre résistance dans ces montagnes où nous avions prévu de marcher entre 3000 et 5000 mètres d'altitude? Nous savions, de plus, que

les cartes étaient pratiquement inexistantes.

Il nous a fallu gagner le prix du trajet Paris – Delhi – Leh. L'argent est arrivé grâce à un chantier de peinture et à des leçons de flûte, pendant l'hiver et le printemps.

Dans le courant de juillet, nous arrivons, sac au dos et sucettes en poche, à Leh, chef-lieu du Ladakh. Nous commençons par une première marche aux alentours. La ville, ou plutôt sa population, nous déçoit. On entend plus souvent parler français autour de nous qu'une langue inconnue. Les enfants, bien dressés, nous courent après avec leur litanie trop bien apprise: «One pen, one bonbon ...». Les lamas des environs vendent des objets rituels 'antiques.' Les 'Delux coach' climatisés affichent leurs programmes pour touristes. Tout cela nous déroute et nous attriste un peu. Il faut réagir. Donc, quitter Leh, son asphalte, ses marchands, et nous diriger vers des villages plus éloignés et plus élevés.

Faute de bonnes cartes, naturellement, nous nous perdons ... Mais ces erreurs de parcours nous apportent toutes sortes de surprises. Une fois, c'est une grande cérémonie bouddhique, au cours de laquelle nous observons la population rassemblée dans ses habits de fête. Ailleurs, c'est le rituel de récoltes. Chaque jour, ce sont simplement le bol de thé et la tsampa (farine d'orge) offerts par une famille accueillante.

Tout n'est pas facile: un jour, nous cherchons un village, accessible seulement par un col haut situé. La montée est lente, dure, difficile dans des cailloutis. Immense déception, à l'arrivée du col, de découvrir encore le roc à l'infini, pas de village, mais un nouveau col à l'horizon. Et puis, par miracle, les aides arrivent. Ainsi, au plus fort de notre déconvenue, un passant solitaire nous a aperçues. Il a porté nos bagages pour nous aider à franchir le col suivant. Il a partagé notre soif, qu'il a étanchée un peu plus tard en nous invitant chez lui pour le repas du soir, et pour dormir.

Ainsi, sans 'trekking organisé', nous avons passé une saison au Ladakh, vivant au petit bonheur ... Chaque jour nous a apporté sa moisson de souvenirs et d'expériences, au contact de ces gens qui vous accueillent sans vendre leurs sourires, parce que nous les respectons. Leur hospitalité n'attend pas une roupie ou quelque pacotille en retour. Plus nous sommes loin des villes et des touristes, plus c'est vrai.

Ce voyage nous a montré qu'il faut simplement oublier son idée de confort et les préjugés de sa culture pour que les gens d'ailleurs deviennent, dans la mesure du possible, moins étrangers. Au rythme de la marche, chacun peut découvrir tout un paysage d'expériences humaines. A condition que le voyage ne soit pas une course d'endurance ni une compétition avec soi-même, mais une lente recherche d'échanges et de contacts.

Tiré de: «Deux jeunes filles au Ladakh», L'Express, 21 juin 1980, p. 68 f.

Annotations

Ladakh: région du Cachemire (entre l'Himalaya et le Karakoroum; capitale: Leh) — (21) *onéreux:* cher, coûteux — (21/22) *la doudoune:* un objet doux, chaud et confortable (ici: une tente) — (22) *cloisonné:* séparé en compartiments — (23) *la sucette:* sorte de bonbon fixé à un petit bâton — (25) *le Ladakhi:* l'habitant du Ladakh — (25) *être friand de:* être gourmand de, aimer particulièrement — (26) *planifier:* organiser suivant un plan — (46) *dresser:* former, instruire — (47) *pen:* anglais pour: stylo à bille, bic — (48) *le lama:* moine bouddhiste — (50) *Delux coach:* anglais pour: car de luxe — (52) *dérouter:* déconcerter (dt. aus der Fassung bringen) — (66) *la farine d'orge:* dt. Gerstenmehl — (67) *accueillant:* qui fait bon accueil, reçoit gentiment — (70) *le col:* passage permettant de passer d'un côté à l'autre d'une montagne — (71/72) *le cailloutis:* dt. Geröll — (77) *la déconvenue:* désappointement, déception — (84) *le trekking* (mot afrikaans signifiant migration): longue marche à haute altitude — (86) *au petit bonheur:* au hasard — (92) *la pacotille:* objet de mauvaise qualité, de peu de valeur — (103/104) *une endurance:* résistance aux fatigues physiques

Compréhension du texte

1. Comment Pascale et Séverine ont-elles préparé leur voyage, et pourquoi leurs préparatifs étaient-ils très limités?
2. Comment les deux jeunes filles ont-elles gagné le prix de leur voyage?
3. Pourquoi ont-elles été déçues par Leh?
4. Quelles sortes de surprises agréables ont-elles eues pendant leur marche à travers le pays?
5. Qu'est-ce qui les a surtout impressionnées chez les habitants du pays?
6. Résumez les impressions positives et négatives que les jeunes filles ont gardées de leur voyage.

Analyse

7. Analysez le contraste qui se manifeste entre la vie à Leh et celle dans les villages à l'intérieur du pays.
8. Quel semble être le niveau de vie des Ladakhi selon cet extrait de texte?
9. Comment ce texte nous montre-t-il que les deux jeunes filles ont vécu au petit bonheur?

10. Analysez la conception que les deux jeunes filles se font du voyage à la fin de ce texte.
11. Quelles qualités chez les deux jeunes filles ont sans doute contribué à la réussite de leur voyage?

Commentaire

12. Après avoir lu cet article, croyez-vous qu'il vaille la peine de visiter le Ladakh? Justifiez votre opinion.
13. «Trouver l'équilibre spirituel auprès des moines bouddhistes» (1. 13–15) est devenu une mode. Qu'en pensez-vous?
14. Sans beaucoup d'argent, il est impossible de voyager aujourd'hui. Que pensez-vous de cette affirmation?
15. A votre avis, pourrait-on vivre quelque temps sans le confort de notre civilisation? Justifiez votre opinion.
16. Comment concevez-vous «des vacances idéales»? Citez plusieurs facteurs qui vous semblent essentiels pour la réussite totale de vos vacances.

Communication – créativité

17. Pour gagner le prix d'un tel voyage, il y a plusieurs possibilités pour un étudiant. Lesquelles? Citez-en au moins quatre.
18. Vous arrivez dans une ville qui vous est totalement inconnue. Vous allez au syndicat d'initiative pour vous renseigner. Préparez une liste de questions que vous allez poser.
19. Vous cherchez un compagnon (une compagne) pour un voyage dans un pays lointain. Quelles qualités attendez-vous de lui (d'elle)?
20. A votre retour, vous écrivez une lettre de remerciement à une famille qui vous a gentiment accueilli(e) dans un pays étranger. Rédigez cette lettre.

4 Départ vers l'inconnu

Jérôme et Sylvie rêvaient d'abandonner leur travail, de tout lâcher, de partir à l'aventure. Ils rêvaient de repartir à zéro, de tout recommencer sur de nouvelles bases. Ils rêvaient de rupture et d'adieu.

A la mi-septembre 1962, au retour de vacances médiocres gâchées par la pluie et le manque d'argent, leur décision semblait prise. Une annonce parue dans *Le Monde*, aux premiers jours d'octobre, offrait des postes de professeurs en Tunisie. Ils hésitèrent. Ce n'était pas l'occasion idéale — ils avaient rêvé des Indes, des Etats-Unis, du Mexique. Ce n'était qu'une offre médiocre, terre-à-terre, qui ne promettait ni la fortune ni l'aventure. Ils ne se sentaient pas tentés. Mais ils avaient quelques amis à Tunis, d'anciens camarades de classe, de faculté, et puis la chaleur, la Méditerranée toute bleue, la promesse d'une autre vie, d'un vrai départ, d'un autre travail: ils convinrent de s'inscrire. On les accepta. (...)

Ils partirent donc. On les accompagna à la gare, et le 23 octobre au matin, avec quatre malles de livres et un lit de camp, ils embarquaient à Marseille à bord du *Commandant-Crubellier*, à destination de Tunis. La mer était mauvaise et le déjeuner n'était pas bon. Ils furent malades, prirent des cachets et dormirent profondément. Le lendemain, la Tunisie était en vue. Il faisait beau. Ils se sourirent. Ils virent une île dont on leur dit qu'elle s'appelait l'île Plane, puis de grandes plages longues et minces, et, après la Goulette, sur le lac, des envols d'oiseaux migrateurs. (...)

Le soleil brillait. Le navire avançait lentement, silencieusement, sur l'étroit chenal. Sur la route toute proche, des gens, debout dans des voitures découvertes, leur faisaient de grands signes. Il y avait dans le ciel des petits nuages blancs arrêtés. Il faisait déjà chaud. Les plaques du bastingage étaient tièdes. Sur le pont, au-dessous d'eux, des matelots empilaient les chaises-longues, roulaient les longues toiles goudronnées qui protégeaient les cales. Des queues se formaient aux passerelles de débarquement.

Ils arrivèrent à Sfax le surlendemain, vers 2 heures de l'après-midi, après un voyage de sept heures en chemin de fer. La chaleur était accablante. En face de la gare, minuscule bâtiment blanc et rose, s'allongeait une avenue interminable, grise de poussière, plantée de palmiers laids, bordée d'immeubles neufs. Quelques

minutes après l'arrivée du train, après le départ des rares voitures et des vélos, la ville retomba dans un silence total.

    Ils laissèrent leurs valises à la consigne. Ils prirent l'avenue, qui s'appelait l'avenue
35 Bourguiba; ils arrivèrent, au bout de trois cents mètres à peu près, devant un restaurant. Un gros ventilateur mural, orientable, bourdonnait irrégulièrement. Sur les tables poisseuses, recouvertes de toile cirée, s'agglutinaient quelques dizaines de mouches qu'un garçon mal rasé chassa d'un coup nonchalant de serviette. Ils mangèrent, pour deux cents francs, une salade au thon et une escalope mila-
40 naise.

    Puis ils cherchèrent un hôtel, retinrent une chambre, s'y firent porter leurs valises. Ils se lavèrent les mains et le visage, s'étendirent un instant, se changèrent, redescendirent. Sylvie se rendit au Collège technique, Jérôme l'attendit dehors, sur un banc. Vers 4 heures, Sfax commença lentement à se réveiller. Des cen-
45 taines d'enfants apparurent, puis des femmes voilées, des agents de police vêtus de popeline grise, des mendiants, des charrettes, des ânes, des bourgeois immaculés.

    Sylvie sortit, son emploi du temps à la main. Ils se promenèrent encore; ils burent une canette de bière et mangèrent des olives et des amandes salées. Des crieurs
50 de journaux vendaient *Le Figaro* de l'avant-veille. Ils étaient arrivés.

Tiré de: Georges Pérec, *Les choses*; p. 139 f. (c: René Julliard, 1965)

Annotations

(5/6) *Le Monde:* grand journal français — (8) *terre-à-terre:* matériel, réaliste et peu poétique — (14) *la malle:* bagage de grande dimension — (15) *Commandant Crubellier:* nom d'un bateau — (19) *la Goulette:* port de commerce et de pêche sur le canal qui va de Tunis à la mer — (22) *le chenal:* passage accessible aux navires à l'entrée d'un port, sur un fleuve, etc. — (24) *le bastingage:* garde-corps sur le pont d'un navire (dt. Reling) — (25) *empiler:* mettre l'un sur l'autre — (26) *goudronné:* dt. geteert — (26) *la cale:* espace situé entre le pont et le fond d'un navire — (27) *la passerelle de débarquement:* pont étroit par lequel les passagers quittent le navire — (28) *Sfax:* port de Tunisie, sur le golfe de Gabès — (35) *Bourguiba* (Habib ibn Ali): premier président de la République tunisienne — (36) *orientable:* qui peut être orienté (disposé dans certaines directions) — (36) *bourdonner:* dt. brummen — (37) *poisseux, se:* collant, gluant — (37) *la toile cirée:* dt. Wachstuch — (37) *s'agglutiner:* se réunir de manière à former une masse compacte — (39/40) *une escalope milanaise:* dt. Schnitzel Mailänder Art — (49) *la canette:* petite bouteille de bière — (49) *une amande:* dt. Mandel — (50) *le Figaro:* grand journal français — (50) *l'avant-veille:* deux jours avant

Compréhension du texte

1. Pourquoi Jérôme et Sylvie hésitaient-ils à s'inscrire après la lecture de l'annonce?
2. Pourquoi la traversée en bateau était-elle assez désagréable?
3. Quelles furent leurs premières impressions tandis que le navire s'approchait de la côte tunisienne?
4. Pourquoi étaient-ils finalement contents d'être partis?
5. Caractérisez succinctement la ville de Sfax telle qu'elle se présenta au couple.
6. Que firent Jérôme et Sylvie après leur arrivée à Sfax?

Analyse

7. Analysez les raisons qui ont incité le couple à accepter le poste en Tunisie.
8. Le grand rêve et la désillusion — en quoi le texte tient-il compte de ces deux aspects? Quels moyens stylistiques l'auteur emploie-t-il pour souligner ces contrastes?
9. Le roman s'intitule *Les choses*. Quel rôle l'auteur attribue-t-il aux choses dans cet extrait de texte?

10. L'aventure que le jeune couple vit se joue davantage sur le plan intérieur que sur le plan extérieur. Essayez de justifier cette remarque en vous appuyant sur le texte.

Commentaire

11. Repartir à zéro, tout recommencer sur de nouvelles bases — croyez-vous qu'un tel objectif soit réalisable? Justifiez votre opinion.
12. Pourriez-vous un jour tout lâcher pour partir à l'aventure? Expliquez votre réponse.
13. Pour nous tous, l'idée de bonheur est liée aux choses que l'on acquiert. Etes-vous d'accord? Justifiez votre point de vue.
14. Si l'on s'attache aux choses, on perd sa liberté. Commentez.

Communication — créativité

15. Rédigez l'annonce dont il est question dans le texte (1. 5) et une lettre de candidature à ce poste.
16. Si l'on vous avait offert ce poste en Tunisie, qu'auriez-vous emporté? Nommez les dix objets qui vous paraissent absolument indispensables.
17. Avant de poser leur candidature au poste offert dans *Le Monde*, Jérôme et Sylvie hésitent; Jérôme est pour, Sylvie contre. A partir de cette situation, imaginez un dialogue entre les deux époux.
18. A leur arrivée à Sfax, Jérôme et Sylvie dressent le bilan de leurs expériences. Faites deux listes: une où vous notez leurs impressions positives, une autre où vous notez leurs impressions négatives.

II. A la recherche de ses limites

5 Paris - Dakar: la course folle

Tous les ans a lieu le grand rallye africain Paris – Dakar. Accrochés à leur volant ou à leur guidon, les participants foncent...

«Tu prends la piste derrière la grande dune, m'avait dit un villageois. Alors, je suis remonté sur ma moto et j'ai attaqué vers ma perte.» C'était une fausse piste. La moto est tombée en panne d'essence. Après cinq jours de marche, Pascal Boujieau sera enfin secouru par un Targui. Il lui faudra se traîner encore trois jours dans le sable brûlant, avec ses lourdes bottes de moto, pour trouver un camion sur une piste en plein Tanezrouft, l'«enfer de la soif». Le miraculé du Paris – Dakar 1980 est pourtant, de nouveau, au départ du Paris – Dakar 1981. En route pour une nouvelle aventure, comme les autres concurrents.

En voiture, en camion ou à moto, deux cent quarante et un goulus d'espace tentent, à travers les bosses et les plaies, de relier Paris à Dakar. Dix mille kilomètres à la recherche d'autre chose, ou tout simplement de soi-même. Car si les grandes équipes d'usine montent à l'assaut avec les grands moyens, voitures d'assistance, avions et hélicoptères, les amateurs ne comptent que sur eux-mêmes, et encore. Les voitures des «privés» sont bardées de roues de secours, de pièces détachées, de réservoirs. Les motards sont encore plus mal lotis. Ils emportent leurs outils, leur duvet, leur bidon d'huile, et quand même un peu d'eau dans un modeste sac à dos. Bien heureux ceux qui ont pu, avant le départ, glisser quelques pièces de rechange dans la voiture d'un concurrent qu'ils ne rencontreront peut-être jamais. (...)

Les motards sont les plus vulnérables, la moindre chute peut être mortelle. Aux médecins qui lui plâtraient le poignet, Michel Cheyan dit, l'an dernier: «Arrangez-vous pour que je puisse accélérer.» Comme lui, Jean-Pierre Lloret ou Jean-Claude Olivier ont rejoint Dakar, incroyablement, avec des plâtres. Ils ont piloté d'une main sur des milliers de kilomètres, malgré les vols planés frénétiques de leurs machines. «Quand on remonte sur sa moto, dit Christine Martin, qui se souvient d'avoir attendu, épuisée, choquée, des secours pendant plusieurs heures, on ne pense plus qu'à une seule chose, atteindre Dakar.»

Alors, qu'est-ce qui pousse de paisibles commerçants ou fonctionnaires à prendre leur mois de vacances en enfer? Un pari, parfois, comme ce boulanger du Nord que sa fille, à laquelle il avait acheté une moto, traitait de croulant. Il a fermé boutique et pris le départ à moto. Pour des célébrités comme Jackie Ickx ou Claude Brasseur, qui n'ont plus rien à prouver à personne, il s'agit de «remettre la pendule à l'heure». Sur 10000 km où tout peut arriver, les chances sont, à tout prendre, presque égales pour tout le monde. Les précipices, les sables mouvants, le soleil énorme et l'épuisement n'épargnent pas plus les pilotes d'usine que les «privés». (...)

Traverser le Sahel à plus de 100 à l'heure de moyenne avec des bonbonnes d'eau d'Evian bien calées au fond de sa belle Range Rover, c'est une espèce de défi. Souffrir pour le plaisir, en pays pauvre, c'est peut-être encore plus provocant. Déjà, dans la traversée d'Alger, des enfants jetaient des pierres et crachaient sur les vitres des voitures.

Et puis, foncer aveuglément, ce n'est pas voyager. «Souvent, on a envie de rester,» dit Christine Martin. Mais Paris – Dakar est une compétition, pas une mission humanitaire ni une promenade touristique. La violence est le moteur de la course, les «riches» Européens écœurés de confort sont prêts à la payer cher. Et quand la poussière du dernier concurrent est retombée, il ne reste plus dans la mémoire des Africains que l'image d'une incompréhensible sarabande. Et parfois, sur le sol, quelques boîtes de conserves. Vides. Pourquoi vont-ils si vite?

Tiré de: Jacques Potherat, «Paris – Dakar: leurs vacances en enfer», L'Express, 17 janvier 1981, p. 62 f.

Annotations

(7) *la moto:* abrév. de motocyclette — (12) *le Targui* (forme masculin singulier de Touareg, en arabe): nomade du Sahara, de race blanche, parlant une langue berbère — (13) *se traîner:* avancer, marcher avec peine — (17) *le miraculé:* celui sur qui s'est opéré un miracle — (23) *le goulu:* qui mange avec avidité, qui est avide de qc — (24/25) *à travers les bosses et les plaies:* à travers tous les dangers — (29) *monter à l'assaut:* aller à l'attaque — (33) *le privé:* celui qui ne fait pas partie d'une équipe d'usine — (34) *être bardé de:* être couvert de — (34/35) *les pièces détachées:* pièces servant à remplacer les pièces défectueuses d'une machine — (35) *le réservoir:* bassin ou récipient où un liquide (de l'eau, de l'essence) peut être gardé en réserve — (35) *le motard:* le motocycliste — (36) *être mal loti:* être défavorisé — (37) *le bidon:* dt. Kanister — (46) *plâtrer:* couvrir de plâtre (gypse) — (54) *le vol plané:* ici: le saut très long de la moto en pleine vitesse — (46) *le pari:* dt. Wette — (66) *le croulant* (fam.): personne âgée (dans le langage des jeunes) — (69) *Jackie Ickx:* célèbre pilote de course de formule 1 — (69) *Claude Brasseur:* acteur de cinéma français — (73/74) *à tout prendre:* somme toute — (79) *le Sahel:* (nom arabe signifiant bordure) régions proches des côtes en Algérie et en Tunisie; aussi la zone qui borde le Sahara — (80/81) *la bonbonne:* gros récipient rond à col étroit et court — (81) *l'eau d'Evian:* eau minérale française — (81) *calé:* fixé — (83) *le défi:* ici: provocation — (96) *écœuré:* dégoûté — (101) *la sarabande:* ici: (fam.) suite de gens qui s'agitent

Compréhension du texte

1. Pourquoi peut-on appeler Pascal Boujieau «un miraculé»? Résumez son aventure.
2. Quelles sont les différences qui se manifestent entre les amateurs, les pilotes officiels et les motards qui participent à ce rallye?
3. Quel était l'incroyable exploit des trois motards dont il est question dans le texte?
4. Pourquoi pourrait-on finalement parler d'une égalité des chances pour tous les concurrents?
5. Comment réagissent les Africains devant ce rallye?
6. Résumez ce qui attend les participants du rallye Paris — Dakar et comment ils sont préparés à cette dure épreuve.

Analyse

7. Expliquez le titre de ce texte: *La course folle*.
8. Analysez les raisons données par quelques concurrents pour justifier leur participation.
9. «Souffrir pour le plaisir, en pays pauvre, c'est provocant.» (1. 83–85) Que veut exprimer l'auteur par cette observation?
10. «Paris – Dakar est une compétition, pas une mission humanitaire ni une promenade touristique.» (1. 92–94) Expliquez cette observation en vous référant au texte.
11. Il y a beaucoup d'ambiguïtés dans ce rallye. Lesquelles? Pourquoi?
12. L'auteur de ce texte est-il pour ou contre ce rallye? Justifiez votre opinion, en vous appuyant sur le texte.

Commentaire

13. A votre avis, est-ce que ce sont les pilotes de voitures ou les motards qui ont plus de chances de gagner ce rallye? Justifiez votre point de vue.
14. «Dix mille kilomètres à la recherche d'autre chose, ou tout simplement de soi-même.» (1. 25–28)
    Selon vous, que peut-on trouver ou découvrir au cours d'un tel exploit?
15. A votre avis, pourquoi une telle course reste-t-elle complètement incompréhensible aux Africains?
16. Paris – Dakar a pris le relais des grands rallyes européens. Comment expliquez-vous le fait qu'il n'y a presque plus de rallyes en Europe?
17. Parmi les jeunes, beaucoup se passionnent pour la moto. Comment pourrait-on expliquer ou interpréter cet enthousiasme?

Communication – créativité

18. Nommez au moins cinq pièces de rechange, cinq outils et cinq aliments que vous mettriez dans votre voiture avant de partir pour ce rallye.
19. Le boulanger du Nord qui a fermé boutique explique à un reporter pourquoi il se lance dans ce genre d'aventures. Qu'est-ce qu'il dit?
20. Mettez-vous à la place du miraculé de Paris – Dakar 1980 et racontez votre aventure.

Annapurna, premier 8000

Maurice Herzog et ses compagnons ont gravi le premier 8000, le premier des plus grands sommets de la terre. Ce fut une des plus grandes aventures de ce temps, une des plus noblement vécues. Maurice Herzog lui-même nous raconte les derniers mètres qui le mènent au sommet, ensemble avec Louis Lachenal, le 3 juin
5 *1950.*

En bas, tout là-bas, les glaciers sont minuscules. Les sommets qui nous étaient familiers jaillissent, hauts dans le ciel, comme des flèches.

Brusquement Lachenal me saisit:
— Si je retourne, qu'est-ce que tu fais?
10 En un éclair, un monde d'images défile dans ma tête: les journées de marche sous la chaleur torride, les rudes escalades, les efforts exceptionnels déployés par tous pour assiéger la montagne, l'héroïsme quotidien de mes camarades pour installer, aménager les camps... A présent, nous touchons au but! Dans une heure, deux peut-être... tout sera gagné! Et il faudrait renoncer? C'est impossible!

15 Mon être tout entier refuse. Je suis décidé, absolument décidé! Aujourd'hui nous consacrons un idéal. Rien n'est assez grand. La voix sonne clair:
— Je continuerai seul!
J'irai seul.
S'il veut redescendre, je ne peux pas le retenir. Il doit choisir en pleine liberté.
20 Mon camarade avait besoin que cette volonté s'affirmât. Il n'est pas le moins du monde découragé; la prudence seule, la présence du risque lui ont dicté ces paroles. Sans hésiter, il choisit:
— Alors, je te suis!
Les dés sont jetés.
L'angoisse est dissipée. Mes responsabilités sont prises. Rien ne nous empêchera
25 plus d'aller jusqu'en haut.
Ces quelques mots échangés avec Lachenal modifient la situation psychologique. Cette fois, nous sommes frères. (...)

— Couloir!...
Un geste du doigt.
30 L'un d'entre nous souffle à l'autre la clé de la muraille. La dernière défense!
— Ah!... quelle chance!
Le couloir dans la falaise est raide, mais praticable.
— Allons-y!
Lachenal, d'un geste, signifie son accord. Il est tard, plus de midi sans doute. J'ai
35 perdu conscience de l'heure: il me semble être parti il y a quelques minutes.

Le ciel est toujours d'un bleu de saphir. A grand-peine, nous tirons vers la droite et évitons les rochers, préférant, à cause de nos crampons, utiliser les parties neigeuses. Nous ne tardons pas à prendre pied dans le couloir terminal. Il est très incliné... nous marquons un temps d'hésitation. Nous restera-t-il assez de force
40 pour surmonter ce dernier obstacle? Heureusement la neige est dure. En frappant avec les pieds et grâce aux crampons, nous nous maintenons suffisamment. Un faux mouvement serait fatal. (...) Lachenal marche merveilleusement. Quel contraste avec les premiers jours! Ici, il peine, mais il avance. En relevant le nez de temps à autre, nous voyons le couloir qui débouche sur nous ne savons trop
45 quoi, une arête probablement.
Mais où est le sommet? A gauche ou à droite?
Nous allons l'un derrière l'autre, nous arrêtant à chaque pas.
Couchés sur nos piolets, nous essayons de rétablir notre respiration et de calmer les coups de notre cœur qui bat à tout rompre.
50 Maintenant, nous sentons que nous y sommes. Nulle difficulté ne peut nous arrêter. Inutile de nous consulter du regard: chacun ne lirait dans les yeux de l'autre qu'une ferme détermination. Un petit détour sur la gauche, encore quelques pas... L'arête sommitale se rapproche insensiblement. Quelques blocs rocheux à éviter. Nous nous hissons comme nous pouvons. Est-ce possible?...
55 Mais oui! Un vent brutal nous gifle.
Nous sommes... sur l'Annapurna.
8075 mètres.
Notre cœur déborde d'une joie immense.

Tiré de: Maurice Herzog, *Annapurna premier 8000*; p. 289 f. (c: B. Arthaud et Fédération française de la Montagne, 1951)

Annotations

(7) *jaillir:* s'élever brusquement — (11) *torride:* extrêmement chaud — (12) *assiéger:* dt. belagern — (28) *le couloir:* passage étroit, long et très raide en montagne (dt. Fels- oder Eisrinne) — (37) *les crampons* (m.): dt. Steigeisen — (38) *tarder:* mettre beaucoup de temps — (45) *une arête:* dt. Grat — (48) *le piolet:* bâton de montagne ferré à un bout (dt. Eispickel)

Compréhension du texte

1. Pourquoi Maurice Herzog continuerait-il seul si Lachenal abandonnait la course?
2. En quoi sa décision influence-t-elle le comportement de Lachenal?
3. Pourquoi les deux camarades évitent-ils les rochers quand ils montent le couloir?
4. Qu'est-ce qui facilite leur ascension?
5. A quoi peut-on voir que les deux montagnards sont très fatigués?
6. Résumez les moments décisifs de la montée tels qu'ils sont décrits dans le texte.

Analyse

7. Relevez les différents sentiments qu'éprouve Herzog au cours de la montée.
8. Comment se manifeste l'héroïsme des deux camarades dans cet extrait de texte?
9. Quelle sorte de relations semble exister entre Herzog et Lachenal pendant leur ascension?
10. Décrivez le cadre de leur aventure, sa majesté et ses dangers.
11. Réflexion et action: en quoi ces deux éléments caractérisent-ils le contenu de ce passage?

Commentaire

12. «A présent, nous touchons au but... Et il faudrait renoncer? C'est impossible!» (1. 13/14)
    Que pensez-vous d'une attitude telle qu'elle se manifeste dans ces phrases?

13. Dans son introduction, Maurice Herzog explique qu'il a écrit ce livre *pour porter témoignage au nom de tous mes compagnons d'une terrible aventure à laquelle nous avons survécu grâce à une succession de miracles qui aujourd'hui encore m'apparaissent incroyables.*
    A votre avis, peut-on justifier les risques qu'entraîne l'ascension d'un 8000?
14. Qu'auriez-vous fait à la place de Herzog si Lachenal avait renoncé à continuer?
15. Enoncez quelques raisons qui expliquent, selon vous, l'enthousiasme de beaucoup de gens pour la montagne.

Communication — créativité

16. Au lieu de Maurice Herzog, c'est Louis Lachenal qui raconte les derniers mètres de leur ascension. Rapportez son récit.
17. A son retour, Herzog est interviewé par un reporter de la RTF. Imaginez le dialogue et jouez-le.
18. La victoire de l'expédition française est annoncée dans les quotidiens français.
    a) Imaginez quelques manchettes.
    b) Rédigez deux articles sur cet événement: un rapport assez court et sec et un rapport très enthousiaste.
19. Le journal de Maurice Herzog: imaginez quelques réflexions la veille et le lendemain de sa victoire.

7 Amérique - Russie en planche à voile

Entre l'Alaska et la Sibérie, un bras de mer de quatre-vingt-seize kilomètres de large: le Détroit de Bering, frontière d'eau et de glace entre l'Amérique et la 5 *Russie. Arnaud de Rosnay, le champion de surf français, a réussi l'exploit impossible: traverser en planche à voile, ce bout de l'océan Arctique affrontant des vagues de 5 mètres, seul, loin de* 10 *tout secours.*

Ce vendredi 31 août à Wales, en Alaska, il est 10 heures et quart. Le vent est léger — 6 à 8 nœuds — la visibilité moyenne, lorsque je mets ma planche 15 à l'eau.

J'ai placé des gants dans mon harnais. Dans le dos je porte une trousse de secours. Elle contient trois fusées de détresse, une bombe fumigène rouge, 20 un miroir directionnel dont les signaux peuvent être vus à dix kilomètres, un flash qui émet des éclairs pendant une durée de 2 heures, un canif suisse à seize lames qui pourrait me permettre 25 éventuellement de transformer mon mât en pagaie si tout devait mal se passer. J'emporte également du chocolat, des vitamines C et un anti-inflammatoire contre les crampes. Un premier compas accroché à mon bras droit; un 30 second fixé à l'arrière de la planche et un sac étanche, contenant mon passeport, de l'argent, un pantalon, un col roulé et des cordages.

Je navigue depuis une heure dans un 35 vent assez fort quand la mer commence à grossir. Trois nuages noirs venus du nord assombrissent le ciel. Le vent double de force. Je file soudain à 30 kilomètres/heure. Mes mains s'engour- 40 dissent. Je cherche mes gants. Ils ne sont plus dans mon harnais!

Comment tenir? Je suis sur cette planche pour dix heures au moins, mes mains sont déjà insensibilisées. Je me 45 retourne, cherche à l'horizon le bateau esquimau qui devait me suivre. Il n'est plus là. Je ne le reverrai pas: j'apprendrai plus tard qu'il ne m'a suivi qu'une demi-heure. 50

La température est d'environ dix degrés. L'eau est à trois ou quatre degrés. A 12 h 15 je suis à environ 15 km de *Small Diomède*, ce rocher abrupt de 600 mètres de haut qui fait un écran 55 total contre le vent. Je fais du sur place dans le courant. Ma planche est secouée par le clapot et commence à dériver.

C'est la solitude absolue. Près de moi, un phoque sort la tête de l'eau et replonge. Enfin un souffle de vent. Il est près de 15 heures, quand j'arrive à la pointe de *la Grande Diomède*. Je suis cette fois dans les eaux territoriales soviétiques. Le vent redevient extrêmement violent. D'énormes vagues déferlantes de quatre mètres me bouchent l'horizon. Je commence à douter sérieusement de l'issue. Mes mains ne répondent plus. J'équilibre comme je peux mais le vent orienté maintenant vers le nord et les courants me rejettent vers l'Arctique. Est-ce que je peux encore faire demi-tour, accoster à l'une des Diomèdes?

Je n'en peux plus. Soudain, une silhouette. Loin devant, dans la brume, un bateau de guerre soviétique. M'a-t-il vu? Sans doute. Il change de cap, s'aligne sur une route parallèle à la mienne. Le vent maintenant atteint une force de 6 à 7. Les déferlantes me font décoller. Je fais des sauts de dix mètres en avant.

Je tombe à l'eau. Je me rétablis sur la planche et reste assis. Impossible de remonter le mât. J'ai trop froid. Le soleil se montre. La mer est blanche. Le bateau soviétique — c'est un croiseur — s'éloigne vers le Nord.

17 h 25, je me trouve devant une baie profonde d'au moins 20 km. Ici des vagues courtes, hachées qui secouent terriblement. Je fonce à l'invraisemblable allure de 35 km/h avec des pointes à 40 km/h. Le vent et les courants me portent vers les falaises. Il me faut trouver une crique. Mais je suis fou de joie. Devant moi la terre. Derrière moi, à un kilomètre, le bateau russe. Je ne peux plus mourir en mer. J'aperçois une petite plage de graviers sous une falaise en surplomb. A 30 mètres de la falaise, je tombe assis sur la planche et maintiens la voile à bout de bras. Et ainsi j'atteins le rivage de Sibérie.

Tiré de: Alain Pelgrand, «Amérique — Russie en planche à voile», Paris Match, no. 1581, 14 septembre 1979; p. 59 f.

Annotations

(7) *la planche à voile:* dt. Surfbrett — (16) *le harnais:* dt. Gurtzeug — (17/18) *la trousse de secours:* sorte d'étui à compartiments pour ranger un ensemble d'objets dont on se sert en cas de danger ou d'accident — (18/19) *la fusée de détresse:* dt. Signalrakete — (19) *la bombe fumigène:* sorte de fusée qui produit une fumée épaisse — (20) *directionnel:* dt. mit Richtstrahl — (22) *le flash:* lampe qui émet des lumières brèves et intenses — (23) *le canif:* petit couteau de poche — (26) *la pagaie:* dt. Paddel — (28/29) *un anti-inflammatoire:* dt. entzündungshemmendes Mittel — (32) *étanche:* qui ne laisse pas passer l'eau — (33/34) *le col roulé:* pullover dont le col monte très haut sur le cou — (34) *le cordage:* la corde — (38) *assombrir:* rendre sombre, obscur — (40/41) *s'engourdir:* devenir insensible, immobile — (58) *le clapot:* agitation de la mer, qui peut être importante, et qui résulte de la rencontre de vagues de directions différentes — (59) *dériver:* s'écarter de sa route — (67/68) *la vague déferlante:* dt. Brecher — (80) *changer de cap:* changer de direction — (83/84) *décoller:* quitter la surface de l'eau — (94) *haché:* entrecoupé — (103) *le gravier:* gros sable mêlé de nombreux petits cailloux — (104) *en surplomb:* dt. überhängend

Compréhension du texte

1. Pourquoi peut-on dire que de Rosnay était bien préparé pour sa traversée?
2. Comment le temps a-t-il changé pendant sa traversée?
3. Pourquoi, à un moment donné, de Rosnay a-t-il douté sérieusement de la réussite de son exploit?
4. A quoi peut-on voir qu'il s'est affaibli pendant sa traversée?
5. Pourquoi n'était-il pas facile d'aborder la côte sibérienne?
6. Indiquez les difficultés principales qu'Arnaud de Rosnay a vaincues pendant son exploit.

Analyse

7. Analysez le style de ce récit. Quelques questions pour vous aider: le style est-il chargé, pathétique, très imagé, ou plutôt simple? Quelle sorte de vocabulaire l'auteur emploie-t-il? Ses phrases sont-elles compliquées ou faciles à lire? Comment l'auteur décrit-il les difficultés? A quel public s'adresse-t-il?
8. Comment imaginez-vous le héros de cet exploit? Quels traits de caractère lui attribuez-vous selon son récit?

9. Des facteurs politiques ont compliqué la réalisation de cet exploit. En quoi le texte tient-il compte de cet aspect? Quelle sorte de difficultés concrètes fallait-il surmonter?
10. Seulement un homme sans émotions peut réussir un tel exploit! Le récit justifie-t-il une telle affirmation? Prenez position en vous appuyant sur l'extrait de récit.

Commentaire

11. Arnaud de Rosnay revendique la traversée îles Marquises — Tahiti (900 km dans le Pacifique en windsurf) et celle du Sahara, sur le même engin muni de roulettes. Les détracteurs affirment: «C'est un farceur. Il n'apporte jamais la preuve de ses prétendues performances.»
    Quelle est votre opinion? Croyez-vous que de tels exploits soient possibles? Expliquez votre point de vue.
12. Arnaud de Rosnay, qu'il ait accompli ou non ces exploits, a atteint un but: faire parler de lui.
    Que pensez-vous d'une telle attitude?
13. «Tant que l'on n'a pas prouvé qu'il a triché, il faut le croire.» Etes-vous d'accord? Quelle importance accordez-vous aux preuves dans votre vie personnelle?
14. La planche à voile est devenue le passe-temps préféré de beaucoup de jeunes sportifs. Comment vous expliquez-vous cet enthousiasme?
15. A votre avis, les planchistes sont-ils des sportifs sérieux ou des sportifs du dimanche qui ne veulent que se produire? Justifiez votre opinion.

Communication — créativité

16. Avant de réaliser son exploit, Arnaud de Rosnay a dû faire beaucoup de préparatifs. Lesquels? Faites-en la liste.
17. Vous décidez de passer une semaine seul(e) sous une tente en Alaska ou en Sibérie. Quels sont les dix objets qui vous paraissent indispensables pour survivre?
18. Imaginez que de Rosnay soit repêché par le croiseur soviétique et doive expliquer son exploit au capitaine russe qui comprend mal le français. Reconstituez son récit dans un français très simple.

8 Dans les coulisses de la cascade

Le cascadeur qui maintient sa voiture sur deux roues, prend un tremplin de face, fait un tonneau et s'écrase dans un bruit de ferraille – est-il un casse-cou insensible ou un aventurier à la recherche de ses limites?

Toute notre vie ne tient qu'à trois heures d'un programme mouvementé, qui a lieu tous les dimanches après-midi, et qui attire mille ou deux mille personnes à chaque fois. Devant eux, nous roulons sur deux roues en voiture, passons dans les flammes, massacrons une dizaine de pauvres vieilles «guindes» en tonneaux. Rien d'extraordinaire. Le plus exceptionnel réside en ce que, pour ces trois heures de spectacle hebdomadaire, nous ne sommes pas moins de cinq ou six garçons à vivre pendant toute la semaine comme des forcenés, à l'écart du monde bien souvent, avec au fond de l'esprit et du cœur une seule angoisse: celle du dimanche, quinze heures trente, heure fatidique à partir de laquelle débute la ronde.

Comme pour tous les «nomades», il se

pose parfois quelques problèmes à notre arrivée en ville: nous devons stationner cinq à six jours avec nos vieilles voitures, le plus près possible du spectacle. Lorsque les autorités, après nous avoir indiqué trois emplacements successifs, viennent encore nous embêter, les coudes se resserrent, l'équipe se ressoude.

Jusqu'à l'ultime minute où il accomplit son exercice, le cascadeur n'est jamais seul. Vous m'excuserez de parler de mes expériences personnelles et de moi-même, mais voici comment je conçois la psychologie du casse-cou en spectacle.

Un camarade vient de terminer son propre numéro. Déjà la foule guette cette vieille «guinde» rafistolée qui va — on le lui a promis — partir à l'accident, au massacre. Le public cherche lequel d'entre nous va prendre le volant de ce tombeau ambulant. Il a peine à croire que ce sera moi: si jeune, si décontracté, le sourire aux lèvres...

(...) Je monte sur le capot, enfile le casque posément. La musique s'est tue pour que le public déguste le moment où je me glisse par le pare-brise (les portières sont fermement attachées) dans le tas de fèrraille. Le grand moment de solitude approche.

Et puis ce petit choc de la voiture pousseuse, une américaine, qui vient goulûment s'appuyer sur mon pare-choc. J'ai appris à ne pas me retourner d'un trait, cela traduit la nervosité... Je fais juste un petit signe de la main, sans même regarder qui me pousse. L'autre main sert à saluer la foule au démarrage. Les monteurs, les copains, reculent. C'est que je suis déjà parti. Un coup d'œil derrière cette fois, pour être sûr de ne pas être, déjà, entièrement seul. Tiens! C'est Jean-Pierre qui pousse! Petit signe de la main pour lui dire d'aller plus vite. Le tremplin... Bon sang! je l'avais presque oublié celui-là. Il est déjà là. La voiture pousseuse m'a lâché et je glisse comme une flèche vers l'obstacle, seul!

Il faut prendre le tremplin de face, ou avec une légère inclinaison, selon que la piste est en ligne droite ou en courbe. Tout ceci, je l'avais calculé au départ et je le retrouve, presque par instinct. Selon la courbe de la piste encore, ou selon les arbres, ou d'autres voitures, ou n'importe quel obstacle, je braque plus ou moins fort, juste ce qu'il faut pour que la voiture culbute. Je la sens partir, alors déjà, je pense que c'est fini, puisque le public aura vu ses tonneaux!

Il faut pourtant se caler, faire corps avec l'épave, savoir où l'on en est, prévoir un choc ou une secousse — mais ce n'est que le travail du cascadeur que tout cela. Déjà, le public applaudit et se retrouve avec moi et je ne suis plus seul. Avant que la voiture ne soit arrêtée, je crois l'entendre ce public, et le plus dur moment est passé: celui de la solitude, quelques secondes avant le tremplin.

Tiré de: Richard Doublier, «Dans les coulisses de la cascade», Atlas, no 98, août 1974, p. 84 f.

Annotations

la cascade: numéro d'un acrobate (cascadeur) qui exécute des séries de chutes, de sauts ou d'autres exploits dangereux − (2) *le tremplin:* planche inclinée sur laquelle on prend son élan pour sauter ou plonger (dt. Schanze) − (3) *faire un tonneau:* faire un tour complet autour de son axe longitudinal − (4) *la ferraille:* vieux morceaux de fer inutilisables
(14/15) *la guinde:* (pop.) voiture en mauvais état − (21) *le forcené:* ici: personne enragée, acharnée − (25) *fatidique:* qui marque une intervention du destin (dt. schicksalhaft) − (46) *rafistolé:* réparé grossièrement − (50) *le tombeau ambulant:* dt. fahrender Sarg − (51/52) *décontracté:* détendu, insouciant − (53) *le capot:* couverture du moteur dans une automobile − (60/61) *la voiture pousseuse:* la voiture qui pousse celle du cascadeur (celle-là n'ayant plus de moteur) − (61/62) *goulûment:* dt. gefräßig − (62) *le pare-choc:* dt. Stoßstange − (68) *le monteur:* ouvrier qui effectue des opérations de montage − (87) *braquer:* faire tourner la voiture en manœuvrant la direction − (88) *culbuter:* faire un tonneau, tomber à la renverse − (92) *se caler:* adopter une position stable − (93) *une épave:* ce qui reste de la voiture après un grand choc − (94) *la secousse:* le choc

Compréhension du texte

1. Décrivez le cadre et le principe du spectacle que les cascadeurs présentent au public.
2. En quoi ce spectacle influe-t-il sur la vie quotidienne des cascadeurs?
3. Résumez, en trois phrases environ, le déroulement du spectacle.
4. Quel genre de contact y a-t-il entre le cascadeur et le conducteur de la voiture pousseuse?
5. Qu'est-ce qui est le plus difficile, selon le cascadeur, pendant son numéro?
6. Résumez les problèmes et les dangers d'une vie de cascadeur telle qu'elle est décrite dans le texte.

Analyse

7. Analysez le style de ce texte: quelle sorte de vocabulaire, quelles expressions l'auteur emploie-t-il pour décrire son spectacle? Quel est l'effet qui en résulte pour le lecteur?
8. Quels sont les sentiments qui dominent le cascadeur pendant son numéro? Révélez-les en vous appuyant sur l'extrait de texte.

9. «Le plus dur moment est passé: celui de la solitude ...» (1. 100/101)
   Comment peut-on être seul au milieu de ses camarades et de la foule?
   Commentez.
10. Quelles qualités attribuez-vous au cascadeur qui a écrit cet article?
11. Analysez les relations qui se manifestent entre spectateurs et cascadeurs et celles qui règnent entre les membres de l'équipe.
12. Le cascadeur parle d'une «psychologie du casse-cou» (1. 42). Cette expression vous semble-t-elle justifiée? Expliquez votre point de vue en vous référant au texte.

Commentaire

13. Que pensez-vous du métier de cascadeur? Vous attire-t-il? Justifiez votre point de vue.
14. Aimeriez-vous être un nomade qui change de domicile et de lieu de travail continuellement ou préférez-vous mener une vie plus sédentaire?
15. Est-ce qu'il y a des métiers hors du commun qui vous attirent (lesquels?) ou cherchez-vous plutôt un travail solide et traditionnel? Expliquez votre position.
16. A votre avis, les cascadeurs sont-ils des marginaux ou sont-ils bien intégrés dans notre société? Expliquez votre point de vue.
17. La solitude – un bien ou un fléau pour l'homme moderne? Commentez.

Communication – créativité

18. Les cascadeurs préparent des affiches pour leur prochain spectacle; inventez quatre ou cinq slogans.
19. Chaque fois que le spectacle a lieu, la femme d'un cascadeur a très peur; elle imagine tout ce qui pourrait arriver à son mari. Citez cinq malheurs possibles.
20. Donnez cinq raisons différentes pour lesquelles les gens s'intéressent à ce genre de spectacle. Imaginez un groupe qui en discute, et présentez les différents points de vue.
21. Un journaliste fait un reportage sur le numéro décrit dans l'extrait de texte. Qu'en dit-il?

III. Expériences insolites

9  Mon ami, le lion

Un parc national au Kenya. Patricia, la petite fille de l'administrateur emmène le narrateur dans la brousse pour lui montrer un secret. Après avoir disparu pendant quelques minutes, elle l'appelle; il vient la rejoindre, et ce qu'il voit lui fait dire, «cela ne peut pas être vrai».

5   Au-delà du mur végétal, il y avait un ample espace d'herbes rases. Sur le seuil de cette savane, un seul arbre s'élevait. Il n'était pas très haut. Mais de son tronc noueux et trapu partaient, comme les rayons d'une roue, de longues, fortes et denses branches qui formaient un parasol géant. Dans son ombre, la tête tournée de mon côté, un lion était couché sur le flanc. Un lion dans toute la force terrible
10 de l'espèce et dans sa robe superbe. Le flot de la crinière se répandait sur le mufle allongé contre le sol. Et entre les pattes de devant, énormes, qui jouaient à sortir et à rentrer leurs griffes, je vis Patricia. Son dos était serré contre le poitrail du grand fauve. Son cou se trouvait à portée de la gueule entrouverte. Une de ses mains fourrageait dans la monstrueuse toison. (...)

15 Le lion releva la tête et gronda. Il m'avait vu. Une étrange torpeur amollissait mes réflexes. Mais sa queue balaya l'air immobile et vint claquer comme une lanière de fouet contre son flanc. Alors je cessai de trembler: la peur vulgaire, la peur misérable avait contracté chacun de mes muscles. J'aperçus enfin, et dans le temps d'une seule clarté intérieure, toute la vérité: Patricia était folle et m'avait
20 donné sa folie. Je ne sais quelle grâce la protégeait peut-être, mais pour moi...

Le lion gronda plus haut, sa queue claqua plus fort. Une voix dépourvue de vibrations, de timbre, de tonalité m'ordonna:

— Pas de mouvement... Pas de crainte... Attendez.

D'une main, Patricia tira violemment sur la crinière; de l'autre, elle se mit à
25 gratter le mufle du fauve entre les yeux. En même temps, elle lui disait en chantonnant un peu:

— Reste tranquille, King. Tu vas rester tranquille. C'est un nouvel ami. Un ami, King, King. Un ami... un ami...

Elle parla d'abord en anglais, puis elle usa de dialectes africains. Mais le mot
30 «King» revenait sans cesse.

La queue menaçante retomba lentement sur le sol. Le grondement mourut peu à peu. Le mufle s'aplatit de nouveau contre l'herbe et, de nouveau, la crinière, un instant dressée, le recouvrit à moitié.

— Faites un pas, me dit la voix insonore.

35 J'obéis. Le lion demeurait immobile. Mais ses yeux, maintenant, ne me quittaient plus.

— Encore, dit la voix sans résonance.

J'avançai.

De commandement en commandement, de pas en pas, je voyais la distance dimi-
40 nuer d'une façon terrifiante entre le lion et ma propre chair dont il me semblait sentir le poids, le goût, le sang.

A quoi n'eus-je pas recours pour m'aider contre l'éclat jaune de ces yeux fixés sur moi! Je me dis que les chiens les plus sauvages aiment et écoutent les enfants. Je me souvins d'un dompteur de Bohême qui était devenu mon camarade. Il met-
45 tait chaque soir sa tête entre les crocs d'un lion colossal. Et son frère, qui soignait les fauves du cirque, quand, en voyage, il avait trop froid la nuit, il allait dormir entre deux tigres. (...)

Mais j'avais beau m'entêter à ces images rassurantes, elles perdaient toute valeur et tout sens à mesure que la voix clandestine m'attirait, me tirait vers le grand
50 fauve étendu. Il m'était impossible de lui désobéir. Cette voix, je le savais en toute certitude, était ma seule chance de vie, la seule force — et si précaire, si hasardeuse — qui nous tenait, Patricia, le fauve et moi dans un équilibre enchanté.

Mais est-ce que cela pouvait durer? Je venais de faire un pas de plus. A présent, si je tendais le bras, je touchais le lion.
55 Il ne gronda plus cette fois, mais sa gueule s'ouvrit comme un piège étincelant et il se dressa à demi.

— King! cria Patricia. Stop, King!

Il me semblait entendre une voix inconnue, tellement celle-ci était chargée de volonté, imprégnée d'assurance, certaine de son pouvoir. Dans le même instant,
60 Patricia assena de toutes ses forces un coup sur le front de la bête fauve.

Le lion tourna la tête vers la petite fille, battit des paupières et s'allongea tranquillement.

— Votre main, vite, me dit Patricia.

Je fis comme elle voulait. Ma paume se trouva posée sur le cou de King, juste au
65 défaut de la crinière.

— Ne bougez plus, dit Patricia.

Elle caressa en silence le mufle entre les deux yeux. Puis elle m'ordonna:

— Maintenant, frottez la nuque.

Je fis comme elle disait.

70 — Plus vite, plus fort, commanda Patricia.
Le lion tendit un peu le mufle pour me flairer de près, bâilla, ferma les yeux.
Patricia laissa retomber sa main. Je continuai à caresser rudement la peau fauve.
King ne bougeait pas.
— C'est bien, vous êtes amis, dit Patricia gravement.

Tiré de: Joseph Kessel, *Le lion*; p. 124 f. (c: Editions Gallimard, 1958)

Annotations

(2) *la brousse:* savane africaine, région éloignée des villes et restée plus ou moins à l'état sauvage
(5) *ras:* coupé très bas, plat et découvert — (5) *le seuil:* ici: le début — (7) *noueux:* qui a des nœuds — (7) *trapu:* gros et court — (8) *le parasol:* objet analogue au parapluie, mais servant à se protéger du soleil — (10) *la crinière:* ensemble des poils qui garnissent le cou du lion et du cheval — (10/11) *le mufle:* dt. Vorderteil der Schnauze — (12) *le poitrail:* devant du corps de certains animaux — (14) *fourrager:* fouiller, mettre en désordre — (14) *la toison:* chevelure épaisse — (15) *la torpeur:* le demi-sommeil — (17) *la lanière:* bande longue et étroite — (21) *dépourvu de:* sans — (32) *s'aplatir:* s'allonger — (42) *avoir recours à:* faire appel à — (42) *un éclat:* une lueur très vive — (44) *la Bohème:* dt. Böhmen — (45) *le croc:* dent longue et pointue — (48) *s'entêter à:* ici: s'attacher à — (49) *clandestin:* secret — (60) *assener:* porter un coup avec violence — (64) *la paume:* intérieur de la main

Compréhension du texte

1. Quel est l'incroyable spectacle qui s'est offert aux yeux du narrateur à l'ombre d'un arbre?
2. Comment Patricia a-t-elle essayé de rassurer le lion?
3. Comment le narrateur voulait-il vaincre son angoisse?
4. Quelles étaient les différentes réactions du lion pendant que le narrateur s'approchait de lui?
5. Quel est le moment le plus dramatique de cette aventure?
6. Comment Patricia réussit-elle définitivement à calmer le lion?

Analyse

7. «Cette voix était ma seule chance de vie...» (1. 50/51)
   En quoi cette observation du narrateur résume-t-elle sa situation en face du lion?
8. Comment l'auteur de ce passage réussit-il à créer un état de suspense et à le maintenir?
9. Quel est le rôle que le narrateur attribue à Patricia au cours de son aventure?
10. Le narrateur parle d'un «équilibre enchanté» (1. 52) entre Patricia, le fauve et lui-même. Essayez d'interpréter cette observation.
11. Quelle est la fonction du temps dans ce récit? Quelle est la durée de l'action réelle et celle dont le narrateur dispose pour la présenter? Qu'est-ce qui allonge son récit? Ce texte aurait-il pu être rédigé plus succinctement? Si oui, comment?

Commentaire

12. Qu'auriez-vous fait à la place du narrateur? Expliquez votre réponse.
13. On retrouve ce type de situation dans certains feuilletons télévisés ou dans des films. Que pensez-vous de ce genre de programmes?
14. Ecrivez une lettre à un journal pour protester contre le massacre d'animaux en voie de disparition (par exemple les bébés phoques).
15. L'homme est en train de détruire sa planète et ses derniers paradis. Que pensez-vous de cette affirmation?

Communication — créativité

16. Une fois rentré en France, le narrateur raconte très brièvement son aventure à ses amis. Que leur dit-il?
17. Vous êtes au cirque: essayez de décrire un incident dramatique survenant au cours du spectacle.
18. L'aventure décrite dans ce texte vous paraît-elle vraisemblable ou non? Discutez-en en groupe.
19. En France, on a créé des parcs nationaux (par exemple le parc national des Cévennes, celui de la Vanoise, celui des Pyrénées occidentales). Qu'en pensez-vous? Trouvez des arguments pour et contre.

10 Martin n'est pas rentré

Expédition dans le Hoggar, massif volcanique du Sahara central au cœur du désert. On attend le retour de Martin, parti seul pour faire une course de
5 *montagne.*

Un beau feu rouge et or pétille doucement dans l'obscurité naissante, heure de mystère et de rêve où tout prend des dimensions et un relief ignorés jus-
10 qu'alors. L'ombre envahit la montagne, les gorges et les canyons deviennent des gouffres sombres. Des hurlements s'élèvent çà et là, cris étranges renvoyés par les échos de ces rochers
15 sauvages. Les grands chacals (de la grosseur et de l'aspect du loup) commencent à chasser.

Martin n'est pas rentré.

Assis devant le feu, je prépare le thé et
20 y porte toute mon attention. Rien ne doit troubler cet instant. Jusqu'à ce que le troisième verre (celui dans lequel on ajoute la menthe!) soit bu, je ne bougerai pas ...

25 Mes camarades sont inquiets. Je le sens. Et bien que personne ne parle, les regards se portent constamment sur la grande blessure de la montagne, ligne mince et noire, canyon se redres-
30 sant jusqu'à toucher le ciel, que Martin a suivi cet après-midi dans son désir d'atteindre seul la crête.

Quelques branches sont remises sur le feu. Les flammes s'élèvent hautes et claires, phare étincelant qui doit guider 35 Martin dans l'ombre à présent plus dense.

Le lit de sable blanc du petit oued où nous sommes arrêtés, à l'extrémité d'un profond canyon, retient encore 40 un peu de la chaleur du jour. La nuit nous enveloppe. Dans un moment, la lune dépassant les crêtes nous baignera de sa lumière argentée et, à nouveau, il sera possible de se diriger dans ce dédale 45 de blocs et de gouffres. Je partirai alors à la rencontre de mon camarade, mais, pour l'instant, je bois mon thé...

Nous sommes arrivés ici cet après-midi. Nous avons établi notre camp le plus 50 loin possible, remontant le fond de l'oued, franchissant les passages rocheux aux limites des possibilités de nos deux camions, dans un cirque fermé de toute part par des parois et des pentes qui 55 nous dominent d'un millier de mètres.

A pied, nous avons remonté les gorges, escaladé des ressauts qui doivent être autant de cascades lorsque l'orage gronde sur ces rochers où aucune végé- 60 tation ne retient l'eau des averses rares mais toujours violentes. Nous avons «écouté» le silence, apprécié l'isolement total dans lequel nous vivons, le premier village (très petit) se trouvant à quelque 150 kilomètres de nous. Seuls, peut-être, quelques nomades Touaregs hantent ces parages...

Nous terminons le dernier verre de thé lorsque soudain Martin apparaît, haletant, écorché, un peu affolé... Un retour de nuit n'est jamais facile, les hurlements des «loups» et l'ambiance sauvage de la montagne l'ont profondément marqué... Il n'oubliera pas son aventure. Sa recherche personnelle face à la solitude et à la suprême grandeur de ce décor fantastique aura été achevée par ce retour «en catastrophe»...

Dans un moment, il prendra sa guitare, la longue veillée autour du feu peut commencer...

Tiré de: Christian Recking, «Le Hoggar». Montagnes Magazine, no 21, été 1980; p. 84 f.

Annotations

(6) *pétiller:* éclater avec de petits bruits secs et répétés — (10) *envahir:* se répandre sur — (11) *la gorge:* vallée étroite et profonde aux parois abruptes — (12) *le gouffre:* le précipice — (23) *la menthe:* dt. Minze, Pfefferminze — (32) *la crête:* la ligne la plus haute d'une chaîne de montagnes — (35) *le phare:* tour élevée, portant une puissante lumière, pour guider les navires et les avions — (38) *un oued:* cours d'eau temporaire dans les régions arides — (45) *le dédale:* le labyrinthe — (54) *le cirque:* ici: dt. Talkessel — (58) *le ressaut:* petite avancée rocheuse — (61) *une averse:* pluie soudaine et abondante de courte durée — (68) *Touareg:* nomades du Sahara (le mot est au pluriel; il faudrait dire: un Targui, des Touareg) — (68) *hanter:* venir souvent — (68) *les parages:* les environs — (70/71) *haletant:* essoufflé, hors d'haleine — (71) *écorché:* avec de petites blessures superficielles de la peau — (71) *affolé:* profondément troublé — (79) *achever:* finir en menant à une bonne fin

Compréhension du texte

1. Pourquoi le narrateur ne part-il pas tout de suite à la recherche de Martin?
2. A quoi s'aperçoit-on que les camarades de Martin sont inquiets?
3. Pourquoi mettent-ils des branches sur le feu?
4. Pourquoi était-il difficile pour le groupe d'atteindre le lieu du campement?
5. Pourquoi ont-ils choisi cet endroit?
6. Dans quel état physique et moral se trouve Martin à son retour?

Analyse

7. L'atmosphère qui règne autour du camp est inquiétante. Justifiez cette remarque en vous appuyant sur le texte.
8. Quelles sont les qualités qu'on peut attribuer au narrateur de ce récit?
9. Quelle est la véritable aventure de Martin? Analysez les raisons qui ont motivé son entreprise.
10. Une certaine relation existe entre les personnages et la nature dans ce récit. Laquelle?
11. Le style de ce passage vous semble-t-il réaliste ou plutôt romantique? Essayez de justifier votre point de vue en vous appuyant sur le texte.

Commentaire

12. A votre avis, Martin a-t-il eu raison de partir seul dans ces conditions? Justifiez votre point de vue.
13. Préférez-vous la solitude ou la compagnie des autres? Expliquez votre choix.
14. Que pensez-vous des expéditions entreprises en marge du tourisme classique, loin des hordes de touristes? Vous attirent-elles? Pourquoi (pas)?
15. «Mon programme? Mais c'est justement de ne pas en avoir! S'adapter, improviser suivant les circonstances, suivre les élans de son cœur, il n'est pas de meilleur guide!»
    Aimeriez-vous participer à un voyage annoncé de cette manière? Expliquez votre décision.
16. Quelles sont à votre avis les difficultés susceptibles de surgir lors d'une expédition dans le Sahara central?

Communication — créativité

17. Les camarades dans le camp se demandent si on doit partir à la recherche de Martin ou si on doit l'attendre encore. Quels sont leurs arguments respectifs?
18. A son retour, Martin explique pourquoi il est en retard. Que dit-il à ses camarades?
19. «La longue veillée autour du feu peut commencer...» (1. 81/82)
    Que pourrait-on faire pendant une soirée autour du feu? Nommez plusieurs activités envisageables.

11 L'avion fantôme

Tragédie dans le cadre splendide et inhumain des Alpes: un grand avion venant des Indes s'est écrasé sur un pic neigeux. Après une escalade extrêmement dangereuse, deux frères ont réussi à atteindre l'épave. L'un des deux n'a qu'un seul but: trouver l'or que l'avion transportait.

5 Marcellin s'était approché de l'épave. Il enjamba un panneau déchiré et s'engouffra dans la tête du monstre. Isaïe commença à compter, machinalement:
— Un, deux, trois, quatre, cinq...
Marcellin reparut bientôt et cria:
— Impossible de rien dégager... C'est le poste de pilotage... Tout est sens dessus
10 dessous... Une vraie bouillie!...
— Je te disais bien! gémit Isaïe. C'est inutile! Il n'y a pas d'or!... Je te jure qu'il n'y a pas d'or!... Pourquoi y aurait-il de l'or?
— Je vais tout de même voir ailleurs.
— Où ailleurs?
15 — Dans un autre trou. Vers le centre... par là!...
— Même s'il y avait de l'or, comment le trouverais-tu? Il faudrait des jours et des jours pour déblayer. On n'est pas outillés pour l'ouvrage. Surtout, on n'a pas le temps!
— Encore un coup d'œil et on s'en va...
20 Marcellin se déplaça, par courtes enjambées, les genoux fléchis, et disparut dans la brèche principale, située au milieu du fuselage. Resté seul pour la seconde fois, Isaïe eut encore plus peur. L'ouragan faisait bouger des lambeaux d'étoffe au revers des buttes neigeuses. Tout le pré bossu semblait agité d'un mouvement vague, ondoyant et hideux. Une tôle vibra, imitant le bruit du tonnerre. Des fris-
25 sons sonores parcouraient la carcasse de l'appareil. Isaïe crut que, d'une minute à l'autre, les moteurs allaient se remettre en marche. Alors, tous les passagers, émergeant de la neige, se dresseraient sur le flanc de la montagne et se dirigeraient, à pas lents, vers l'avion fantôme. Les uns seraient sans tête. Et les autres sans bras. Et d'autres encore sauteraient sur un pied, comme des corbeaux à la patte
30 cassée: «Où est mon portefeuille? Où est ma montre? Où est ma bague?» Un cri d'angoisse éclata dans la gorge d'Isaïe:
— Non! Non!
Au même instant, la silhouette de Marcellin se dégagea des décombres. Il fit quelques foulées dans la neige, chancela et s'arrêta devant Isaïe, comme s'il eût ren-

35 contré un mur. Ses yeux avaient une expression animale. Sa mâchoire pendait. L'épouvante sortait de sa bouche. Il haleta:
— Zaïe . . . Zaïe! . . .
— Quoi?
— Dans l'avion . . . On a bougé . . .
40 Isaïe joignit les mains et les éleva à hauteur de ses lèvres.
— C'est le vent, balbutia-t-il. Tu as cru . . . Mais c'est le vent . . .
— Non . . . J'ai vu . . . J'en suis sûr . . . On a bougé . . .
— Qu'est-ce qui a bougé?
— Je ne sais pas . . .
45 Isaïe écoutait avec un sentiment de surprise exténuée. Les paroles venaient à lui d'une autre rive, d'un autre monde, à travers le murmure sifflant de la neige. Il dénoua les liens qui fixaient les raquettes à ses pieds. Une piètre lueur flottait dans sa cervelle. Il chuchota:
— Reste ici.
50 — Que veux-tu faire?
— Voir si tu as dit vrai . . .

Tiré de: Henri Troyat, *La neige en deuil*; p. 147 f. (c: Ernest Flammarion, 1952)

Annotations

(3) *une épave:* ici: ce qui reste de l'avion après l'accident
(5) *enjamber:* franchir (un obstacle) en faisant un grand pas — (5/6) *s'engouffrer:* se précipiter avec violence dans une ouverture — (17) *déblayer:* débarrasser, dégager — (17) *être outillé:* être équipé, avoir les outils nécessaires — (20) *une enjambée:* un grand pas — (20) *fléchi:* plié, courbé — (21) *le fuselage:* corps d'un avion, auquel sont fixées les ailes — (22) *le lambeau:* morceau arraché — (23) *la butte:* petite colline — (24) *ondoyant:* qui a le mouvement de l'onde, qui s'élève et s'abaisse régulièrement — (25) *la carcasse:* squelette — (33) *les décombres:* ruines, débris — (34) *la foulée:* grand pas — (35) *la mâchoire:* partie osseuse qui supporte les dents (dt. Kiefer) — (36) *une épouvante:* terreur, grande angoisse — (37) *Zaïe:* abr. d'Isaïe — (41) *balbutier:* articuler d'une manière imparfaite, avec hésitation et difficulté — (45) *exténué:* extrêmement fatigué — (47) *la raquette:* large semelle pour marcher sur la neige molle (dt. Schneeteller) — (47) *piètre:* très faible — (48) *la cervelle:* dt. Gehirn

Compréhension du texte

1. Dans quelle partie de l'avion Marcellin est-il entré d'abord et pourquoi en est-il sorti rapidement?
2. Avec quels arguments Isaïe essayait-il de convaincre son frère que ses efforts étaient inutiles?
3. Quelles sortes de visions passaient par la tête d'Isaïe pendant que son frère était dans l'épave?
4. Dans quel état se trouvait Marcellin lorsqu'il sortit de l'épave? Pourquoi?
5. Comment Isaïe réagit-il aux explications de son frère?

Analyse

6. Expliquez le titre de cet extrait.
7. Faites le portrait des deux frères. Essayez d'exposer leurs principaux traits de caractère.
8. Interprétez les hallucinations d'Isaïe.
9. Quel rôle l'auteur attribue-t-il au paysage dans cet extrait de texte?
10. Comment l'auteur parvient-il à créer une ambiance sinistre dans ce texte?
11. «Les passions humaines les plus diverses éclatent devant l'épave de l'avion.» Comment pourrait-on justifier cette remarque?

Commentaire

12. A votre avis, comment cette catastrophe aérienne a-t-elle pu se produire? Essayez de développer plusieurs théories.
13. En face de son frère, Marcellin essaie de se justifier: «Nous avons le droit de prendre ce que nous voulons sur les morts, nous ne faisons de tort à personne...». Que pensez-vous de cette argumentation?
14. Imaginez une suite à ce texte; n'écrivez pas plus de 200 mots.
15. Lors d'une catastrophe aérienne qui a eu lieu il y a quelques années, les survivants se sont nourris avec la chair de leurs camarades morts pour rester en vie. A votre avis, peut-on justifier le cannibalisme dans un cas semblable? Pourquoi (pas)?

Communication — créativité

16. Une caravane de secours est arrivée jusqu'à l'épave. Qu'est-ce que les sauveteurs trouvent dans la carcasse? Donnez autant de détails que possible.
17. Un passager a survécu à l'accident. Mettez-vous à sa place: que feriez-vous pour survivre si vous vous trouviez dans l'épave d'un avion à 4000 mètres d'altitude? Faites plusieurs propositions.
18. Vous téléphonez au bureau de la compagnie aérienne: vous aimeriez savoir comment l'accident s'est passé, s'il y a des survivants et ce qui a été entrepris pour les secourir. Imaginez le dialogue.

12 Les pommes d'or du paradis

Les derniers paradis pour ceux qui sont fous d'aventures, existent-ils encore? Voici quelques propositions, faites par des agences de voyages.

1. Enfoncez-vous dans la jungle amazonienne. A la rencontre des tribus indiennes de l'Equateur. Vous vous déplacerez en pirogue sur le fleuve Rio et sur les lagunes, à pied dans la jungle. Vous dormirez à la dure, soit en bivouac, soit dans des cases abandonnées. Vous n'aurez pas de porteur, et vos distractions seront les crocodiles, que vous chasserez la nuit, les piranhas, que vous pêcherez le jour.

2. Délaissez les westerns de la 3e chaîne pour partager la vie des cow-boys de l'Ouest. Dans les montagnes du Colorado, une cabane en rondins sera votre port d'attache. La journée, vous la passerez en selle pour aller, en compagnie de vrais cow-boys, surveiller les troupeaux, découvrir les animaux sauvages.

3. Descendez le Nil au rythme lent des felouques, barcasses aux voiles déployées qui sillonnent le fleuve depuis cinq mille ans: vous croiserez Akhenaton, le dieu fou, Horus, le faucon au bec acéré, Hathor, la déesse des vivants, de la musique et de la joie. Mais aussi les fellahs rieurs, les ânes attelés, la végétation luxuriante du Nil et le désert doré. D'Assouan à Louxor, vous ferez en Haute-Egypte un voyage au commencement des temps.

4. Elancez-vous, à la suite de Marilyn Monroe et de Robert Mitchum, sur la légendaire «Rivière sans retour». Celle-là même sur laquelle s'aventuraient les pionniers de l'Ouest, alors que nul ne pouvait remonter le courant ni traverser la montagne. Votre «radeau» sera pneumatique et dirigé par un pilote américain confirmé. Paysages somptueux, bivouac sur les plages de sable, déjeuner au hasard de la course. Emotion aussi quand la rivière se fait rapide . . .

5. Marchez sur la Lune dans le Hoggar. Près de la frontière du Niger, des Land Rover vous abandonnent au milieu d'un fantastique paysage saharien: des châteaux forts gigantesques sculptés par le vent, la douceur des dunes mariée avec les rudes escarpements de roc. Sac au

dos, vous allez de bivouac en bivouac, où vous attendent des dépôts de vivres et d'eau. Une expérience qui vous décape le cœur pour toute l'année.

6. Louez votre île aux Seychelles. Pour vous tout seul, une île de sable blanc, des cocotiers et, enfouie sous la végétation, une grande maison de bois au toit de palme, quatre immenses chambres doubles, un grand salon et un bar plongeant sur la mer. Et puis des pirogues, une planche à voile et un bateau pour explorer les autres îles, toutes proches.

Tiré de: «Les pommes d'or du paradis». L'Express, 5 avril 1980, p. 72 f.

Annotations

1. (6) *la tribu:* groupement de familles sous l'autorité d'un même chef – (8) *la pirogue:* longue barque étroite et plate utilisée en Afrique et en Océanie – (10) *à la dure:* sans confort – (11) *la case:* habitation dans les civilisations dites primitives; hutte – (14) *le piranha:* poisson des fleuves d'Amérique du Sud, réputé pour sa voracité
2. (16) *délaisser:* abandonner – (16) *la 3e chaîne:* de la télévision française – (19) *la cabane:* baraque, hutte – (19) *le rondin:* tronc d'arbre employé dans les travaux de construction – (20) *le port d'attache:* ici: domicile – (21) *en selle:* à cheval
3. (26) *la felouque:* petit bateau – (27) *sillonner:* parcourir dans tous les sens – (29) *le faucon:* dt. Falke – (30) *le bec:* bouche de l'oiseau – (30) *acéré:* dur, tranchant et pointu – (32) *le fellah:* paysan, petit propriétaire agricole en Egypte – (32) *attelé:* attaché à une voiture ou à une charrue – (33) *luxuriant:* qui pousse, se développe avec une remarquable abondance
4. (37) *s'élancer:* se lancer en avant, se précipiter – (43) *le radeau:* pièces de bois liées ensemble, formant une sorte de plancher sur l'eau (dt. Floß) – (44) *pneumatique:* qui se gonfle à l'air comprimé – (45) *confirmé:* certifié, expert – (45) *somptueux:* magnifique, luxueux
5. (55) *un escarpement:* pente très raide – (57) *le dépôt:* lieu où l'on dépose du matériel – (58) *décaper:* débarrasser de la crasse, nettoyer
6. (62) *le cocotier:* genre de palmiers produisant la noix de coco – (62) *enfouir:* cacher, mettre sous

Compréhension du texte

1. Pourquoi le voyage dans la jungle amazonienne sera-t-il très dur?
2. En quoi la vie des vacanciers dans les montagnes du Colorado ressemblera-t-elle à celle des vrais cow-boys?
3. Quels aspects de l'Egypte les voyageurs descendant le Nil connaîtront-ils?
4. Pourquoi la descente de la «Rivière sans retour» ne sera-t-elle pas aussi dangereuse que celle des pionniers?
5. Pourquoi l'expédition dans le Sahara est-elle comparée à une marche sur la lune?
6. Quel sera le charme particulier du séjour sur une île des Seychelles?

Analyse

7. Pourquoi ce chapitre est-il intitulé «Les pommes d'or du paradis»?
8. Analysez le style de ces offres: comment les auteurs ont-ils essayé de les rendre tentantes et attrayantes? En quoi reflètent-elles quelques éléments typiques de la publicité?
9. Selon quels critères ces différentes offres ont-elles été composées? De quelles sortes d'aventures s'agit-il?
10. A quelle sorte de public ces propositions s'adressent-elles? Qu'attend-on en général des participants?
11. Essayez de résumer dans une phrase l'idée principale de chacune de ces offres. Comparez votre phrase avec l'original; quelles différences stylistiques pouvez-vous constater?
12. A votre avis, quelle est la plus dangereuse (la plus tentante, la plus exotique) de ces propositions? Pourquoi?

Commentaire

13. Auquel de ces voyages aimeriez-vous participer? Pourquoi?
14. Laquelle de ces propositions ne vous dit absolument rien? Pourquoi?
15. Que pensez-vous du genre de tourisme proposé dans «Les pommes d'or du paradis»? Quels sont ses côtés positifs et négatifs?
16. Y a-t-il un voyage qui vous tente tout particulièrement? Pensez-vous pouvoir réaliser ce rêve un jour? Comment?

Communication – créativité

17. Vous voulez vous inscrire à un voyage, mais votre ami(e) hésite à y participer. Essayez de le (la) convaincre. Inventez le dialogue.
18. Imaginez que vous participez à un des voyages mentionnés dans le texte; rédigez une page de votre journal de bord.
19. Pendant un de ces voyages, un incident dramatique ou amusant a lieu. A votre retour, vous le racontez à vos camarades.

IV.
La mort en face

13 Le salaire de la peur

Pour éteindre l'incendie d'un puits de pétrole au Guatémala, il faut conduire deux camions chargés de quinze cents kilos de nitroglycérine de Las Piedras au derrick Seize. La distance: cinq cents kilomètres de pistes redoutables. Le salaire: mille dollars par voyage. Un travail pour des candidats à la mort. Gérard Sturmer, un Français de trente-six ans et Johnny Mihalescu, un Roumain l'ont accepté. Les voilà en route pour gagner «le salaire de la peur».

Chaque trou passé était un miracle; un inquiétant miracle parce qu'on n'osait jamais s'avouer qu'il était accompli, jamais non plus qu'il se renouvellerait. Quand la roue avant abordait quelque nid de poule, il sautait aux yeux, à la lueur de la lune, méchant rond d'ombre aux contours nets. Gérard retirait le pied qui effleurait à peine l'accélérateur, le posait avec douceur sur la pédale de frein. L'élan du camion ce n'était plus alors le moteur qui le fournissait, mais son propre poids au bord du trou. Il s'agissait ensuite de le laisser glisser au fond en le retenant au frein, sans caler. La roue grinçait et tournait, encore un peu, encore, encore... Le fond atteint, pas même le temps de souffler, il fallait reprendre la pédale de droite, relancer à la montée le camion dont le châssis distordu gémissait. Et tout ce temps, l'un et l'autre, Johnny peut-être un peu plus que Gérard, ils avaient peur; ils retenaient leur souffle jusqu'à ce que ce fût fini, jusqu'à ce que le lourd véhicule fût revenu à l'horizontale. Mais une minute ne se passait pas sans que ce fût à recommencer...

Les visages étaient mouillés de sueur comme s'il y avait plu. Sur la peau luisante les gouttes glissaient facilement, hésitaient un instant à la racine des cheveux, puis se décidaient d'un seul coup et roulaient droit, tombant du front sur les chemises trempées. De temps à autre, Johnny s'épongeait avec un large mouchoir. Deux fois Gérard s'arrêta, immobilisa le K.B., profitant d'une accalmie de quelques mètres dans le chaos de la route. Alors, il s'appuyait le dos à son siège et respirait un grand coup. Il éteignait les phares.
— Cigarette.

La lueur de l'allumette éclairait deux profils sérieux. Tous les muscles du visage relâchés, Gérard tirait à petites bouffées sur le tube blanc, et le reflet du feu soulignait l'amertume de sa bouche. Johnny fumait aussi. Au coin de sa lèvre inférieure un gros pli tremblait. Les deux fois, ils repartirent sans s'être rien dit.

Insensiblement d'abord, puis de plus en plus, la piste s'améliora. Le tableau de marche, fixé au-dessus de leurs têtes comme un ciel de lit, portait, pour le tronçon
35 qui s'achevait, une moyenne horaire de quatre kilomètres. Ils avaient mis trois heures et demie à en faire seize, ils étaient plutôt en avance.

Les trous se faisaient plus rares. Dans un quart d'heure, si Dieu leur prêtait vie, ils allaient aborder la «tôle ondulée». C'est ainsi qu'on désigne les pistes à soubassement dur des pays tropicaux; les pluies, à la saison, y creusent des mil-
40 liers de petites rigoles dures, sans aucune profondeur, quelques centimètres à peine, et très serrées. Ce genre de sol, il faut l'aborder à une vitesse relativement élevée, quatre-vingts kilomètres au moins: alors le camion vole à la surface des cannelures sans s'y accrocher, et on roule comme sur une Nationale de France. Le hic allait consister à prendre la vitesse suffisante sans faire de dégâts. Il fau-
45 drait deux cents mètres de terrain lisse. Les trouveraient-ils?

— Je vais te laisser le bout de bois, vieux. Je n'en peux plus...

Tiré de: Georges Arnaud, *Le salaire de la peur*; p. 99 f. (c: René Julliard, 1950)

Annotations

(2) *le derrick:* dt. Bohrturm
(9) *le nid de poule:* ici: trou rond dans la route — (10/11) *effleurer:* toucher très légèrement — (14) *caler:* se dit du moteur: s'arrêter brusquement — (16) *distordu:* déformé — (21) *mouillé:* trempé, humide — (25) *K. B.:* l'immatriculation du camion — (25) *une accalmie:* repos; ici: meilleure partie de la route — (30) *la bouffée:* aspiration rapide — (33/34) *le tableau de marche:* plan qui donne des détails sur la route à suivre — (34) *le tronçon:* partie (d'une route) — (38) *la tôle ondulée:* dt. Wellblech; hier: Waschbrett — (39) *le soubassement:* partie inférieure de la route, sur laquelle semble poser tout le reste — (40) *la rigole:* dt. Rille — (43) *la cannelure:* dt. Rille — (43) *la Nationale:* route nationale de France — (44) *le hic:* principale difficulté — (45) *lisse:* qui n'offre pas d'obstacles, plat — (46) *le bout de bois:* ici: le volant

Compréhension du texte

1. Pourquoi chaque trou franchi représentait-il un miracle?
2. Quelle «technique» le conducteur employait-il pour passer ces trous?
3. A quoi peut-on voir que Gérard avait très peur?
4. Que faisait Gérard pour se détendre?
5. Quelle difficulté la «tôle ondulée» représente-t-elle?

Analyse

6. Comment l'auteur de ce texte réussit-il à faire vivre au lecteur les moments de tension?
7. Quel est l'état d'âme des deux conducteurs? Quels procédés stylistiques l'auteur emploie-t-il pour le décrire?
8. Quel genre de relations les deux conducteurs ont-ils? Justifiez votre point de vue en vous appuyant sur le texte.
9. Quel est le rôle attribué au vocabulaire technique dans le texte? Pourquoi l'auteur l'emploie-t-il très souvent?
10. Essayez de faire le portrait de Gérard. Quelles semblent être ses qualités principales?

Commentaire

11. A votre avis, quelles raisons pourraient décider un homme à faire ce «voyage de la mort»?
12. Est-ce qu'il vous arrive d'avoir peur? Quand? Pourquoi?
13. Si l'on vous offrait dix mille dollars, que feriez-vous avec cet argent? Justifiez votre décision.
14. Trouvez une suite ou une fin à cet extrait. N'écrivez pas plus de deux cents mots.
15. Avant de faire ce voyage, Gérard vous a écrit pour vous demander conseil. Rédigez votre lettre de réponse.

Communication — créativité

16. Essayez de décrire en détail quelques manœuvres simples de conduite d'un véhicule. Décrivez ce que l'on fait lorsqu'on démarre, lorsque l'on double; comment réagissez-vous aux feux? et quand on vous fait une queue de poisson? — Imaginez une situation dangereuse: donnez des conseils sur la manière de s'en tirer.
17. Si vous deviez faire le voyage dont il est question dans le texte
    a) comment prépareriez-vous ce voyage?
    b) quelles qualités attendriez-vous de votre compagnon? Nommez-en au moins trois.
18. En route, votre compagnon décide tout à coup d'abandonner parce qu'il a trop peur. Que faites-vous pour le convaincre qu'il faut tenir bon? Faites plusieurs propositions.
19. Imaginez un scénario pour ce passage. Elaborez quelques indications scéniques et quelques fragments de dialogue.

14 Au centre du désert

L'avion de l'auteur est tombé en panne en plein désert. Avec Prévot, son camarade, Antoine de Saint-Exupéry a commencé une longue marche pour échapper à la mort...

Après cinq heures de marche le paysage change. Une rivière de sable semble couler dans une vallée et nous empruntons ce fond de vallée. Nous marchons à grands pas, il nous faut aller le plus loin possible et revenir avant la nuit, si nous n'avons rien découvert. Et tout à coup je stoppe:

— Prévot.
— Quoi?
10 — Les traces...

Depuis combien de temps avons-nous oublié de laisser derrière nous un sillage? Si nous ne le retrouvons pas, c'est la mort. Nous faisons demi-tour, mais en obliquant sur la droite. Lorsque nous serons assez loin, nous virerons perpendiculairement à notre direction première, et nous recouperons nos traces, là où nous les
15 marquions encore.

Ayant renoué ce fil nous repartons. La chaleur monte, et, avec elle, naissent les mirages. Mais ce ne sont encore que des mirages élémentaires. De grands lacs se forment, et s'évanouissent quand nous avançons. Nous décidons de franchir la vallée de sable, et de faire l'escalade du dôme le plus élevé afin d'observer l'hori-
20 zon. Nous marchons déjà depuis six heures. Nous avons dû, à grandes enjambées, totaliser trente-cinq kilomètres. Nous sommes parvenus au faîte de cette croupe noire, où nous nous asseyons en silence. Notre vallée de sable, à nos pieds, débouche dans un désert de sable sans pierres, dont l'éclatante lumière blanche brûle les yeux. A perte de vue c'est le vide. Mais, à l'horizon, des jeux de lumière
25 composent des mirages déjà plus troublants. Forteresses et minarets, masses géométriques à lignes verticales. J'observe aussi une grande tache noire qui simule la végétation, mais elle est surplombée par le dernier de ces nuages qui se sont dissous dans le jour et qui vont renaître ce soir. Ce n'est que l'ombre d'un cumulus.

Il est inutile d'avancer plus, cette tentative ne conduit nulle part. Il faut rejoindre
30 notre avion, cette balise rouge et blanche qui, peut-être, sera repérée par les camarades. Bien que je ne fonde point d'espoir sur ces recherches, elles m'apparaissent comme la seule chance de salut. Mais surtout nous avons laissé là-bas nos dernières gouttes de liquide, et déjà il nous faut absolument les boire. Il nous faut revenir pour vivre. Nous sommes prisonniers de ce cercle de fer: la courte
35 autonomie de notre soif.

Mais qu'il est difficile de faire demi-tour quand on marcherait peut-être vers la vie! Au-delà des mirages, l'horizon est peut-être riche de cités véritables, de canaux d'eau douce et de prairies. Je sais que j'ai raison de faire demi-tour. Et j'ai, cependant, l'impression de sombrer, quand je donne ce terrible coup de barre.

40 Nous nous sommes couchés auprès de l'avion. Nous avons parcouru plus de soixante kilomètres. Nous avons épuisé nos liquides. Nous n'avons rien reconnu vers l'est et aucun camarade n'a survolé ce territoire. Combien de temps résisterons-nous? Nous avons déjà tellement soif...

Tiré de: Antoine de Saint-Exupéry, *Terre des hommes*; p. 127 f. (c: Editions Gallimard, 1939)

Annotations

(5) *emprunter:* ici: prendre — (11) *le sillage:* trace (qu'un navire laisse derrière lui à la surface de l'eau) — (12/13) *obliquer:* prendre une direction un peu différente de la première (adj.: oblique: qui est incliné) — (13) *virer:* avancer en tournant — (14) *recouper les traces:* retrouver les traces — (16) *renouer un fil:* reprendre contact — (17) *le mirage:* phénomène optique produisant une apparence séduisante et trompeuse — (19) *le dôme:* sommet arrondi — (20) *une enjambée:* grand pas — (21) *le faîte:* partie la plus élevée d'un édifice — (21) *la croupe:* sommet d'une montagne de forme arrondie — (22/23) *déboucher:* donner sur — (28) *le cumulus:* gros nuage arrondi — (30) *la balise:* dt. Boje — (30) *repérer:* découvrir — (33) *le liquide:* la boisson — (39) *sombrer:* perdre espoir — (39) *donner un coup de barre:* changer de direction

Compréhension du texte

1. Pourquoi l'auteur et son camarade marchent-ils si vite?
2. Pourquoi décident-ils tout à coup de faire demi-tour?
3. De quelles différentes sortes de mirages sont-ils le jouet? Comment peut-on les expliquer?
4. Quand et comment constatent-ils qu'il est inutile de continuer?
5. Donnez deux raisons qui justifient leur retour à l'avion.
6. Résumez, en quatre phrases environ, les moments essentiels de la marche décrite dans cet extrait de texte.

Analyse

7. Pourquoi cette marche était-elle une épreuve terrible pour les deux aviateurs?
8. Analysez les différents sentiments qui dominent l'auteur au cours de sa marche.
9. A quoi peut-on reconnaître dans le texte que l'auteur connaît très bien le désert?
10. Quel rôle l'auteur attribue-t-il au paysage dans son récit?
11. L'attitude adoptée par Saint-Exupéry dans ce récit vous semble-t-elle plutôt optimiste ou pessimiste? Expliquez votre point de vue en vous appuyant sur le texte.

Commentaire

12. Si vous aviez été à la place de l'auteur, qu'auriez-vous fait: seriez-vous resté(e) près de l'avion ou seriez-vous parti(e)? Expliquez votre décision.
13. L'aventure décrite dans le texte date de 1935. De telles aventures vous semblent-elles encore possibles aujourd'hui? Justifiez votre point de vue.
14. «J'ai déjà découvert cette évidence: rien n'est intolérable» (Antoine de Saint-Exupéry, Terre des hommes). Que pensez-vous de cette affirmation?
15. «Et je reste là à rêver et il me semble que l'on s'adapte à tout. L'idée qu'il mourra peut-être trente ans plus tard ne gâte pas les joies d'un homme. Trente ans, trois jours ... c'est une question de perspective.»
    (Antoine de Saint-Exupéry, Terre des hommes)
    Etes-vous d'accord avec Saint-Ex.? Pourquoi (pas)?

Communication — créativité

16. Essayez d'illustrer ce récit à l'aide d'une carte qui indique le chemin que les deux camarades ont parcouru après avoir quitté l'avion, sa longueur et quelques détails du paysage.
17. Le moment crucial de la décision est arrivé. Faut-il continuer ou faire demi-tour? Prenez des positions différentes; chacun essaie de convaincre son camarade. Quelques tournures que vous pouvez employer:
    Si nous continuons, nous risquons de ...
    Il faut faire demi-tour parce que ...
    Au contraire! Si nous ... — Tu as tort! Si nous ...
18. Prévot a une hallunication: il voit un lac et veut convaincre son camarade d'y aller; ce dernier s'y oppose. Inventez le dialogue.
19. Le soir, près de l'avion, les deux camarades rêvent de la vie qu'ils vont mener s'ils sont sauvés. Formulez quelques-unes de leurs idées; employez le futur ou le futur proche.
20. A son retour, l'auteur est interviewé par un journaliste; il lui décrit sa marche. Que dit-il? Commencez par la phrase suivante: «Je suis parti avec Prévot très tôt le matin ...»

15 Aux portes de l'enfer

Le domaine de Saint-Jean, dans la montagne corse à quelques kilomètres de Corte. La Légion étrangère y a installé sa «Section d'épreuve». Celle-ci est réservée aux légionnaires coupables de fautes graves (désertion, vol d'armes, injures à officiers, etc.) et d'une manière plus générale, aux récalcitrants qui ne peuvent plus sup-
5 *porter la discipline de ce corps. Marcel Terrier et Grasset ont été condamnés à six mois de Section d'épreuve. Quatre hommes d'escorte (Walk, Loriot, Aruanda et Latasse) les conduisent en jeep vers le camp.*

Marcel releva la tête. La piste montait en pente douce, serpentant à flanc de montagne. A deux kilomètres environ, en plein maquis, se cachait la Section
10 d'épreuve.
— Tu vois cette piste, dit Loriot à Marcel, les mecs qui sont là-haut l'appellent le «chemin de croix» ou encore la «piste rouge». Tu sais pourquoi?
Marcel fit non de la tête.
— Tu vas le savoir tout de suite.
15 La jeep s'enfonça, en cahotant, d'une cinquantaine de mètres sur la piste, afin de se mettre à l'abri des regards d'éventuels curieux. Elle s'immobilisa au premier tournant, cachée de la route par un bouquet de chênes-lièges.
— Descendez vos bardas! ordonna Walk.
Les deux disciplinaires se précipitèrent sur la remorque. A la voix, aux visages
20 fermés des quatre hommes qui les escortaient, ils avaient compris tout de suite qu'ils se trouvaient à leur merci, entièrement livrés à eux. Sans réserve. Sans recours. Il n'y a pas de pitié à attendre des hommes qui viennent vous chercher au petit matin. Où qu'ils soient. Quels qu'ils soient. Quand les sacs et les valises se retrouvèrent par terre, traînant dans le cloaque boueux, Loriot s'approcha de
25 Marcel. Il l'avait repéré dès le premier instant. Il avait besoin de se choisir tout de suite une victime, Loriot. Question de psychologie. Son instinct avait prévenu Marcel que cet homme allait le faire souffrir. Les rapports entre bourreaux et victimes sont souvent très équivoques. Marcel toisa le caporal-chef. Loriot était d'origine malgache, le teint cuivré, le nez droit, très fin, les yeux noirs. Pas grand,
30 mais des muscles bien déliés qui jouaient sous son treillis vert à chaque pas qu'il faisait.

— Garde-à-vous!
Marcel se figea sur place. Un garde-à-vous parfait. (...) Loriot fit le tour du disciplinaire, inspecta sa position. Puis il fit signe à Grasset de s'approcher.
35 — Ici, vous n'êtes plus des hommes. Vous n'avez plus rien à vous. Et vous êtes encore moins des légionnaires.
Il n'y a pas deux façons de se présenter pour un disciplinaire. A chaque ordre reçu, vous répéterez en gueulant à pleins poumons, s'il vous en reste: «Disciplinaire Untel, puni de six mois de Section d'épreuve, à vos ordres cheeeeef!» Et je
40 veux qu'on entende «chef» jusqu'à Paris. Compris, Terrier? Présente-toi.
Marcel prit sa respiration et hurla:
— Disciplinaire Terrier, puni de six mois de Section d'épreuve, à vos ordres, cheeeeef!
Marcel ne put éviter le coup de poing qui lui écrasa le nez. Et il resta dans un
45 garde-à-vous impeccable pendant que Loriot le giflait à deux reprises.
— Je t'avais demandé de te présenter, dit le caporal-chef d'une voix très douce. Donc, tu devais dire: «Disciplinaire Terrier, puni de six mois de Section d'épreuve, *je me présente*, à vos ordres chef.» C'est pourtant pas difficile. Répète.
50 Marcel répéta.
— Compris, Grasset?
— Disciplinaire Grasset, puni de six mois de Section d'épreuve, j'ai compris, à vos ordres cheeeeef! (...)
Aruanda fixa ensuite une paire de menottes à chaque poignet de Grasset. Et il
55 y attacha les deux sacs marins du disciplinaire. Un à chaque bras. Loriot en fit autant avec Marcel. Oui, mais il y avait encore la petite valise noire.
— Prends-la avec tes dents! (...)
Loriot portait autour du cou un sifflet attaché par un cordon blanc tressé. Il le montra aux deux disciplinaires.
60 — Un coup de sifflet, vous plongez par terre et vous rampez. Deux coups de sifflet, debout. Trois coups, marche-canard. Quatre coups, cinquante pompes! Il siffla une fois. Marcel et Grasset plongèrent dans la boue et commencèrent à ramper, remorquant avec peine leurs sacs marins. Marcel avait du mal à respirer avec sa valise entre les dents. Il prit assez rapidement du retard sur Grasset. Deux
65 coups de sifflet. Debout!
— Alors Terrier, susurra Loriot, on ne se fatigue pas trop?...

Tiré de: Henry Alainmat, *L'Epreuve*; p. 56 f. (c: Editions Balland, 1977)

Annotations

(1) *Corte:* ville dans le centre de la Corse — (2) *la Section d'épreuve:* dt. Strafkolonie, Straflager — (4) *le récalcitrant:* qui résiste sans se laisser convaincre; rebelle — (8) *serpenter:* dt. sich dahinschlängeln — (9) *le maquis:* en Corse, terrain couvert de buissons et de broussailles — (11) *le mec:* (pop.) homme, individu — (15) *cahoter:* être secoué — (17) *le chêne-liège:* dt. Korkeiche — (18) *le barda:* (fam.) bagage, équipement du soldat — (19) *le disciplinaire:* légionnaire envoyé en Section d'épreuve — (19) *la remorque:* véhicule sans moteur, destiné à être tiré par un autre — (21/22) *le recours:* assistance, aide — (24) *boueux:* plein de boue — (25) *repérer:* découvrir, remarquer — (28) *toiser:* considérer avec attention et mépris — (28) *le caporal-chef:* dt. Obergefreiter — (29) *malgache:* adjectif: de Madagascar — (29) *cuivré:* très bronzé — (30) *délié:* fin, mince, mobile — (30) *le treillis:* tenue militaire d'exercice ou de combat — (32) *garde-à-vous:* position immobile du soldat debout qui est prêt à exécuter un ordre — (38) *gueuler:* (pop.) crier très fort — (39) *Untel:* dt. Soundso — (45) *impeccable:* parfait — (54) *les menottes* (f. pl.) liens de fer qu'on fixe aux poignets des prisonniers — (58) *tressé:* dt. geflochten — (61) *la marche-canard:* marcher accroupi, les genoux en dehors — (61) *la pompe:* dt. Liegestütz — (66) *susurrer:* murmurer doucement

Compréhension du texte

1. Pourquoi a-t-on caché la jeep dans le maquis?
2. Quels sentiments les deux légionnaires éprouvent-ils, une fois descendus de la jeep?
3. Quelle relation naît entre Loriot et Marcel Terrier?
4. Comment les deux hommes doivent-ils commencer leur chemin vers le camp?
5. Pourquoi Terrier prend-il du retard sur Grasset?
6. Décrivez, en quatre phrases environ, le «chemin de croix» des deux légionnaires.

Analyse

7. Analysez la relation qui s'établit entre les hommes d'escorte et les disciplinaires.
8. «Il n'y a pas de pitié à attendre des hommes qui viennent vous chercher au petit matin. Où qu'ils soient. Quels qu'ils soient.» (1. 22/23)
   A quoi pensez-vous en lisant cette remarque? Essayez de l'interpréter.

9. «Les rapports entre bourreaux et victimes sont souvent très équivoques» (1. 27/28). Analysez cette observation en vous appuyant sur le texte.
10. La dignité humaine est-elle respectée dans cette expédition? En quoi est-elle ignorée?
11. «Enfin, pour qu'il ne subsiste aucun malentendu entre le lecteur et moi, qu'il soit bien persuadé qu'aucune haine, ni politique d'aucune sorte, ne m'a poussé à écrire ce livre. J'ai seulement voulu témoigner d'un enfer.»
Cette remarque de l'auteur vous semble-t-elle justifiée? Expliquez votre point de vue en vous appuyant sur l'extrait de texte.

Commentaire

12. 'L'affiche de la légion étrangère représentait un très beau garçon blond auquel on s'identifiait immédiatement, de trois-quart, les traits fins et virils à la fois, les yeux perdus sur l'infini et coiffé d'un képi blanc. Sous la photo, en lettres géantes: La légion vous attend.' Pensez-vous qu'un texte publicitaire de ce genre puisse inciter un jeune à s'engager dans la légion? Sinon, quels pourraient être ses motifs?
13. A votre avis, qu'est-ce qui attend les légionnaires dans la Section d'épreuve? Rédigez un petit rapport.
14. *Amnesty International* lutte contre la violation des droits de l'homme dans le monde entier. Que pensez-vous de cette organisation et de ses buts?
15. Quelles raisons pourraient amener un jeune à refuser de faire son service militaire? Que pensez-vous des objecteurs de conscience?
16. Après avoir quitté la Section d'épreuve, Terrier écrit une lettre au président de la République pour protester contre le traitement qu'il a subi. Rédigez cette lettre.

Communication — créativité

17. Essayez de rédiger un article sur ce qui attend les légionnaires dans la Section d'épreuve. Trouvez des manchettes susceptibles d'attirer l'attention des lecteurs.
18. Marcel Terrier explique ce qu'on lui a fait faire une fois descendu de la jeep. Faites son rapport.
19. Un ancien légionnaire apprend qu'un jeune homme a envie de s'engager dans la légion étrangère. Il essaie de l'en dissuader. Imaginez le dialogue.

16 Dans les cachots de la mort

Arrêté pour un meurtre qu'il n'a pas commis, Henri Charrière, dit Papillon a été condamné au bagne à vie à Cayenne. Commence alors la plus fantastique des aventures: Papillon s'évade. Mais après 2500 km en-mer et un séjour sur l'île de Trinidad, il est arrêté en Colombie et est enfermé dans une prison sous-marine
5 *connue sous le nom de «cachots de la mort».*

Je sors et on m'entraîne jusqu'à un escalier qui descend sous terre. Après avoir descendu plus de vingt-cinq marches, on arrive dans un couloir très peu éclairé où se trouvent des cages, à droite et à gauche. On ouvre un cachot et on me pousse dedans. Quand la porte qui donne sur le couloir se referme, une odeur de
10 pourri monte d'un sol de terre visqueuse. On m'appelle de tous les côtés. Chaque trou barreauté a un, deux ou trois prisonniers.
— Francés, Francés! Qu'as-tu fait? Pourquoi es-tu ici? Sais-tu que ces cachots sont les cachots de la mort?
— Taisez-vous! Qu'il parle! crie une voix.
15 — Oui, je suis Français. Je suis ici parce que je me suis évadé de la prison de Rio Hacha.
— Apprends ça, Français, écoute: au fond de ton cachot il y a une planche. C'est pour se coucher. A droite tu as une boîte avec de l'eau. Ne la gaspille pas, car on t'en donne très peu chaque matin et tu ne peux plus en demander. A gauche, tu
20 as un seau pour aller aux cabinets. Bouche-le avec ta veste. Ici t'as pas besoin de ta veste, il fait trop chaud, mais bouche ton seau pour que ça sente moins mauvais. Nous tous, nous couvrons nos seaux avec nos effets.

Je m'approche de la grille essayant de distinguer les visages. Seuls les deux d'en face, collés contre les grilles, sont détaillables. L'un est de type indien espagnolisé,
25 du genre des premiers policiers qui m'ont arrêté à Rio Hacha; l'autre, un Noir très clair, beau garçon et jeune. Le Noir m'avertit que, à chaque marée, l'eau monte dans les cachots. Il ne faut pas m'effrayer parce que jamais elle ne monte plus haut que le ventre. Ne pas attraper les rats qui peuvent monter sur moi, mais

leur donner un coup. Ne jamais les attraper si je ne veux pas être mordu. Je lui demande:
— Depuis combien de temps es-tu dans ce cachot?
— Deux mois.
— Et les autres?
— Jamais plus de trois mois. Celui qui passe trois mois et qu'on ne sort pas, c'est qu'il doit mourir là.
— Combien en a-t-il fait celui qui est depuis le plus longtemps ici?
— Huit mois, mais il n'en a plus pour longtemps. Voici près d'un mois qu'il ne se lève plus qu'à genoux. Il ne peut pas se mettre debout. Le jour d'une grande marée, il va mourir noyé.
— Mais ton pays, c'est un pays de sauvages?
— Je t'ai jamais dit qu'on était civilisés. Le tien non plus n'est pas plus civilisé puisque tu es condamné à perpétuité. Ici en Colombie: ou vingt ans, ou la mort. Mais jamais la perpétuité. (...)

On ouvre la porte du couloir. Un gardien entre avec deux prisonniers qui portent, accroché à deux barres de bois, un tonneau de bois. On devine derrière eux, au fond, deux autres gardiens le fusil à la main. Cachot par cachot, ils sortent les seaux qui servent de cabinets et les vident dans le tonneau. Une odeur d'urine, de merde, empoisonne l'air au point qu'on en suffoque. Personne ne parle. Quand ils arrivent à moi, celui qui prend mon seau laisse tomber un petit paquet par terre. Vite, je le pousse plus loin dans le noir avec mon pied. Quand ils sont repartis, je trouve dans le paquet deux paquets de cigarettes, un briquet d'amadou et un papier écrit en français. D'abord, j'allume deux cigarettes et je les jette aux deux qui sont en face. Puis j'appelle mon voisin qui, en tendant le bras, attrape les cigarettes pour les faire passer aux autres prisonniers. Après la distribution j'allume la mienne et cherche à lire à la lueur du couloir. Mais je n'arrive pas. Alors, avec le papier qui enveloppait le paquet, je forme un rouleau fin et, après maints efforts, mon amadou arrive à allumer le papier. Vite, je lis:
— Courage, Papillon, compte sur nous. Fais attention. Demain on t'enverra du papier et un crayon pour que tu nous écrives. Nous sommes avec toi jusqu'à la mort.

Ça me donne chaud au cœur. Ce petit mot est pour moi si réconfortant! Je ne suis pas seul et je peux compter sur mes amis.

Tiré de: Henri Charrière, *Papillon*; p. 240 f. (c: Robert Laffont, 1969)

Annotations

(2) *le cachot:* cellule obscure, dans une prison – (2) *le bagne:* dt. Strafkolonie – (2) *Cayenne:* capitale de la Guyane française – (6) *entraîner:* emmener de force – (10) *pourri:* dt. faulig, modrig – (10) *visqueux, se:* gluant (dt. klebrig) – (11) *barreauté:* avec des barreaux (petites barres de métal en travers d'une fenêtre) – (12) *Francés:* (espagnol) Français – (15/16) *Rio Hacha:* ville sur la côte de Colombie – (20) *le seau:* dt. Eimer – (20) *boucher:* fermer, couvrir – (24) *détaillable:* que l'on peut observer – (26) *la marée:* mouvement périodique de la mer – (42) *à perpétuité:* pour toujours – (45) *le tonneau:* dt. Faß – (48) *suffoquer:* étouffer, respirer avec difficulté – (51) *le briquet:* appareil pouvant produire une flamme – (51) *un amadou:* dt. Zündschwamm

Compréhension du texte

1. Où se trouvent les cachots sous-marins?
2. Pourquoi a-t-on enfermé Papillon dans ces cachots?
3. Quels conseils les autres prisonniers donnent-ils à Papillon lorsqu'il s'installe dans sa cage?
4. Pourquoi les prisonniers ne restent-ils jamais plus de trois mois dans ces cachots?
5. Comment Papillon reçoit-il un message de ses amis et que fait-il après avoir reçu ce message?
6. Qu'est-ce que les autres prisonniers apprennent à Papillon sur les cachots de la mort et que lui arrive-t-il pendant les premières heures passées dans sa cage?

Analyse

7. Pourquoi appelle-t-on ces cachots sous-marins les cachots de la mort?
8. Comment les autres prisonniers se comportent-ils lorsque Papillon arrive?
9. Pourquoi Papillon reproche-t-il à son interlocuteur de venir d'un pays de sauvages; comment celui-ci réagit-il?
10. Que fait Papillon pour gagner la confiance des autres prisonniers?
11. Papillon, c'est un homme qui n'a peur de rien et qui sait se débrouiller partout.
    Justifiez cette affirmation en vous appuyant sur le texte.

12. 7 millions d'exemplaires de ce roman vendus dans le monde — essayez d'expliquer le succès que ce roman a connu en jugeant de qualités de ce texte.

Commentaire

13. Comment jugez-vous les conditions de vie imposées aux prisonniers dans les cachots sous-marins?
14. A votre avis, un pays civilisé a-t-il le droit de condamner un homme à perpétuité ou même à mort? Justifiez votre réponse.
15. Quel aspect de la vie des forçats vous paraît le plus terrible dans ce texte? Expliquez pourquoi.
16. Pourquoi, selon vous, Charrière a-t-il écrit ses aventures?
17. Après avoir été mis en liberté au Vénézuéla en août 1944, Papillon a abandonné la nationalité française et est devenu Vénézuélien. Comment vous expliquez-vous cette décision? L'approuvez-vous?
18. «La vigueur narrative de Charrière relève de la littérature orale, celle qui ne devient littérature que par la nécessité de 'noter' le récit, pour qu'il ne soit pas perdu.» (Jean-François Revel, Papillon ou la littérature orale).
    Argumentez autour de l'idée de littérature qui est exprimée dans cette phrase.

Communication — créativité

19. Papillon réussit à envoyer un petit mot à ses amis. Qu'est-ce qu'il leur écrit? Qu'est-ce qu'il leur demande?
20. Pour survivre dans les cachots de la mort, il faut suivre certaines consignes:
    Ne jamais attraper les rats si l'on ne veut pas être mordu.
    Ne pas... Toujours... Souvent...
    Rédigez au moins cinq de ces consignes.
21. Avec deux autres prisonniers, Papillon prépare son évasion des cachots de la mort. Imaginez leur discussion alors qu'ils préparent leur fuite.

Vocabulaire de l'analyse et du commentaire de texte

I Compréhension du texte

1. — L'auteur | soulève / aborde / traite | le problème de

— le romancier / le journaliste / le poète / le dessinateur | donne / exprime / présente / fait part de | son avis / son opinion | sur

2. — L'auteur | prend parti pour / défend l'idée que / soutient que / pense que / croit que / affirme que | Il | déplore que / s'attaque au / combat / s'élève contre / proteste contre / lutte contre / critique

3. — L'auteur | évite de se prononcer sur le problème de / ne donne pas son avis sur / ne prend pas position sur / reste neutre sur le problème de / n'aborde pas le problème de

4. — L'auteur | justifie sa position par un exemple concret / explique sa position / développe son idée de la manière suivante / défend son point de vue / défend sa position en expliquant que / s'appuie sur le fait suivant / donne les arguments suivants

II Structure du texte

— Ce texte | comporte / comprend / contient | un(e), deux | parties / paragraphes / thèmes / idées principales

est divisé en |

— Dans l'introduction l'auteur annonce
Le sujet du développement est le suivant
Le premier paragraphe | traite de
                          | est consacré à
La structure du texte est la suivante
La composition du texte est la suivante
L'idée générale est exprimée dans
La conclusion est une synthèse du texte
L'impression générale qui se dégage du texte est la suivante

III Mon opinion sur le texte

— Je trouve que | | passionnant ≠ ennuyeux
   J'estime que | le texte est | émouvant ≠ inquiétant
   Je pense que | | objectif ≠ subjectif
                                                     neutre ≠ engagé, polémique, critique
                                                     impartial ≠ partial
                                                     caricatural
                                                     humoristique, ironique
                                                     actuel ≠ dépassé
                                                     typique de, caractéristique de
                                                     clair ≠ confus

— Je partage | l'avis de l'auteur ≠ je conteste l'avis de l'auteur
                | l'opinion de   ≠ je désapprouve
                | les idées de   ≠ je réfute

Je souscris aux idées de ≠ je m'oppose à
Je suis d'accord ≠ je ne suis pas d'accord avec
En résumé, je trouve que

— Ce texte me paraît | simple   ≠ complexe
   Ce texte me | plaît en raison de son style | banal   ≠ original
                  | déplaît | concis   ≠ délayé
                                                            pittoresque ≠ terne
                                                            poétique   ≠ prosaïque
                                                            clair   ≠ confus, obscur
                                                            imagé

— Le ton est   familier   ≠ recherché
                     lyrique   ≠ réaliste
                     personnel ≠ neutre

Appendice lexical et grammatical

1. Une école en mer

1. Trouvez une paraphrase ou une expression synonyme des expressions suivantes d'après leur sens dans le texte:
   a. de leçons enrichissantes (11/12)
   b. ils ont des rapports faciles avec les habitants (19/20)
   c. ils ont trouvé leur rythme à bord (35/36)
   d. le radar etait tombé en panne (62)
   e. un sentiment que les enfants ignorent (66)

2. Nommez cinq qualités des enfants Campé qui se révèlent dans le texte.

3. Grammaire contextualisée
   Refaites le texte suivant. Il faut
   (1) remplacer la structure en italique par une structure du langage parlé
   (2) ajouter l'adjectif qui correspond au nom entre parenthèses
   (3) remplacer l'expression en italique par le pronom personnel qui correspond
   (4) remplacer l'expression en italique par une autre qui a le même sens
   (5) remplacer l'expression en italique par le pronom possessif
   (6) ajouter la forme correcte de l'article partitif
   (7) remplacer l'expression en italique par le pronom démonstratif
   (8) ajouter la préposition qui convient

   Marie Campé raconte:
   Nous avons rencontré (1) une famille (le Mexique) (2) et *nous avons vécu* (1) à terre avec *cette famille* (3) pendant trois semaines. Leurs trois enfants *avaient l'âge de* (4) *nos enfants* (5). Ils pêchaient ensemble ... (6) langoustes, nos enfants donnaient ... (6) papier et ... (6) crayons aux Mexicains, et *les Mexicains* (7) apprenaient *à nos enfants* (3) ... (8) fabriquer des objets avec le bois de cocotier.

2. L'Europe pas à pas

1. Trouvez une paraphrase ou une expression synonyme des expressions suivantes d'après leur sens dans le texte:
   a. quel que soit l'état du ciel ou du corps (11/12)
   b. à se laisser tenter par ce qui vaut le détour, on n'avancerait plus (27–29)
   c. la règle du 100 % à pied (46)
   d. ils envisagent d'abandonner (55)
   e. une voiture passe à toute vitesse (66)

2. Trouvez cinq adjectifs qui caractérisent la Suède telle qu'elle est décrite dans le texte.

3. Cherchez cinq expressions géographiques dans le texte. Trouvez-en encore cinq autres se rapportant au même domaine.

4. Grammaire contextualisée
   Refaites le texte suivant. Il faut
   (1) mettre en relief la partie en italique de la phrase
   (2) mettre le mot entre parenthèses à la forme imposée par le contexte
   (3) mettre le verbe à la forme correcte du conditionnel
   (4) ajouter la préposition qui convient
   (5) remplacer l'expression en italique par un pronom
   (6) ajouter le pronom relatif qui convient

   Juliette (1) suit (habituel) (2) son époux. Marcher côte à côte (être) (3) trop dangereux sur les routes avec toutes leurs automobiles. Est-elle tentée ... (4) contester l'autorité du chef et (vouloir) (3) -elle passer devant? Hors de question. Mais, de temps ... (4) temps, elle scrute *son mari* (5) de ... (6) il appelle «son œil impitoyable» pour vérifier s'il ne se force pas. *Il* (1) en fait autant.

3. Deux jeunes filles au Ladakh

1. Trouvez une paraphrase ou une expression synonyme des expressions suivantes d'après leur sens dans le texte:
   a. il nous a fallu gagner le prix du trajet (33)
   b. faute de bonnes cartes, nous nous perdons (57/58)
   c. la population dans ses habits de fête (62/63)
   d. leur hospitalité n'attend pas une roupie en retour (91/92)
   e. il faut oublier son idée de confort (95–97)

2. Pour chacun des mots suivants, cherchez-en trois autres qui ont la même racine:
   a. connaître
   b. la couverture
   c. courir
   d. le passant
   e. vendre

3. Grammaire contextualisée
   Refaites le texte suivant. Il faut
   (1) mettre le verbe entre parenthèses à la forme imposée par le contexte
   (2) ajouter l'adjectif possessif qui convient
   (3) mettre en relief la partie de la phrase en italique
   (4) remplacer l'expression en italique par une construction avec participe
   (5) mettre le substantif entre parenthèses au féminin
   (6) remplacer le participe par une proposition relative
   (7) ajouter le pronom indéfini qui convient
   (8) ajouter la préposition correcte
   (9) remplacer les éléments en italique par le pronom personnel
   (10) remplacer le participe par une autre construction

   Chaque jour, nous (partager) (1) ... (2) provisions avec ... (2) hôtes d'un soir: sel et sucre, dont ils sont très privés. *La différence des coutumes alimentaires* (3) donne lieu à quelques malentendus. Ainsi, un soir, *lorsque nous sommes invités* (4) à dîner, nous proposons à notre (hôte) (5) un concombre apporté (6) de la capitale. Cette crudité fait la joie de ... (7) la famille. Et *nous* (3) nous régalions ... (8) avance à l'idée de varier notre menu. Nous attendons *notre menu* (9) avec une certaine impatience, essayant (10) de filer la laine. Deux heures plus tard, le concombre nous revient méconnaissable, réduit ... (8) purée dans une sauce très pimentée.

4. Départ vers l'inconnu

1. Quels sont les mots et expressions des deux premiers passages du texte qui correspondent aux définitions suivantes:
   a. rendre désagréable
   b. tomber d'accord sur
   c. monter à bord d'un bateau
   d. ce qu'on avale lorsqu'on est malade
   e. fin, pas très large

2. Expliquez les différences entre les mots suivants en faisant des phrases:
   a. le poste — la poste
   b. proche — prochain
   c. une toile — une étoile
   d. s'étendre — s'entendre
   e. saler — salir

3. Grammaire contextualisée
   Refaites le texte suivant. Il faut
   (1) mettre le verbe entre parenthèses au passé composé
   (2) mettre l'adjectif entre parenthèses au superlatif
   (3) ajouter le pronom relatif voulu par le contexte
   (4) remplacer le substantif entre parenthèses par la forme correcte de l'adjectif correspondant
   (5) mettre la phrase à la voix active
   (6) ajouter l'article partitif
   (7) remplacer la proposition relative par un participe
   (8) ajouter la préposition voulue par le contexte

   Ils (vivre) (1) sans doute à Sfax les huit mois (curieux) (2) de toute leur existence.
   Sfax, ... (3) le port et la ville (Europe) (4) avaient été détruits pendant la guerre (5), se composait d'une trentaine ... (6) rues qui se coupaient (7) à angle droit. Les deux principales étaient l'avenue Bourguiba, qui allait (7) de la gare au Marché central, près ... (3) ils habitaient, et l'avenue Hedi-Chaker. De l'immeuble ... (3) ils habitaient, le Collège technique était ... (8) trois minutes. La poste et la gare étaient ... (8) moins de dix minutes et constituaient les limites extrêmes de ... (3) il était suffisant ... (8) connaître pour vivre à Sfax.

5. Paris — Dakar: la course folle

1. Trouvez une paraphrase ou une expression synonyme des expressions suivantes d'après leur sens dans le texte:
   a. j'ai attaqué vers ma perte (7/8)
   b. les motards sont les plus vulnérables (44)
   c. la moindre chute peut être mortelle (45)
   d. il a fermé boutique (67)
   e. foncer aveuglément (89)

2. Regardez la carte ci-contre qui montre le parcours africain.
   a. Quels sont les cinq pays qu'il faut traverser?
   b. Citez encore cinq autres pays africains.

3. Grammaire contextualisée
   Refaites le texte suivant. Il faut
   (1) mettre les adjectifs entre parenthèses à la place et à la forme correctes
   (2) mettre la phrase à la forme négative
   (3) ajouter la préposition qui convient

   (4) remplacer le mot en italique par une expression synonyme
   (5) choisir le mot correct et le mettre à la forme voulue par le contexte
   (6) remplacer l'adjectif par l'adverbe qui correspond
   (7) ajouter le participe voulu par le contexte
   (8) mettre le verbe entre parenthèses au passé composé

Paris – Dakar a pris le relais des (grand, européen) (1) rallyes. La compétition mécanique a toujours sa place (2) sur le réseau routier européen. Priorité ... (3) la bagnole. Il reste *seulement* (4) le Rallye de Monte-Carlo, et encore, émasculé: les concurrents, dans les parcours de liaison sur routes ouvertes, piétinent de feux rouges en embouteillages et (se laisser/se faire) (5) verbaliser comme vous et moi ... (3) excès de vitesse.
Le rallye traversera la Haute-Volta en plein coup d'Etat. Le terrain est (suffisant) (6) meurtrier. Déjà, la course ... (7) à peine commencé, trois journalistes (se tuer) (8) dans le Sahara. Le rallye est dédié ... (3) la mémoire de Jean-François Piot qui (mourir) (8) en novembre 1980 au Maroc.

6. Annapurna, premier 8000

1. Cherchez dix expressions qui se réfèrent à la montagne dans le texte.

2. Ajoutez un adjectif qui convient:
   Exemple: une chaleur – une chaleur torride

une prudence ...., une chance ...., un couloir ...., un pas ...., une respiration ...., une détermination ....

3. Grammaire contextualisée
   Le texte suivant est un extrait de l'avant-propos du livre.
   Refaites ce texte. Il faut
   (1) mettre le mot entre parenthèses à la forme voulue par le contexte
   (2) ajouter la forme correcte de l'article partitif
   (3) ajouter le pronom indéfini qui convient
   (4) mettre la phrase précédente à la voix passive
   (5) ajouter le pronom relatif voulu par le contexte
   (6) ajouter l'adjectif démonstratif qui convient

   Ce livre a été (entier) (1) dicté à l'Hôpital américain de Neuilly où j'ai passé ... (2) tristes moments. Le fond du récit est (évident) (1) le souvenir qui me reste de ... (3) ces événements!
   Mon frère, Gérard Herzog, a corrigé et mis au point le texte en style souvent «parlé» (4). Sans la confiance ... (5) j'avais dans son interprétation et sans le soutien journalier ... (5) il m'a apporté, jamais je n'aurais pu mener à bien ... (6) entreprise.

7. Amérique – Russie en planche à voile

1. Trouvez une paraphrase ou une expression synonyme des expressions suivantes d'après leur sens dans le texte:
   a. la visibilité est moyenne (13/14)
   b. si tout devait mal se passer (26/27)
   c. il fait un écran total contre le vent (55/56)
   d. je commence à douter sérieusement de l'issue (69/70)
   e. je fonce à une invraisemblable allure (95/96)

2. Essayez d'expliquer à quoi servent les différents objets qui se trouvent dans la trousse de secours du planchiste.

3. Complétez les phrases suivantes en trouvant les mots qui manquent:
   a. Dans ma ...., je mets trois fusées de détresse, un canif et quelque chose à manger.
   b. Mes papiers sont dans un sac ....
   c. Il fait si froid que mes mains .... et sont bientôt ....

d. Lorsque le vent devient violent, je n'arrive presque plus à .... le bateau.
e. Les vagues sont énormes; elles me font ...., et je fais des .... de plusieurs mètres.

4. Grammaire contextualisée
   Refaites le texte suivant. Il faut
   (1) remplacer la phrase par une construction avec le gérondif
   (2) mettre la phrase à la voix passive
   (3) ajouter le pronom démonstratif qui convient
   (4) mettre le verbe à la forme correcte du passé composé
   (5) mettre la phrase à la forme négative
   (6) ajouter le pronom personnel qui convient
   (7) ajouter l'adjectif démonstratif
   (8) mettre le verbe entre parenthèses à la forme voulue par le contexte
   (9) mettre l'adjectif entre parenthèses au superlatif
   (10) remplacer l'adjectif par le substantif qui correspond

   Lorsque je me suis entraîné (1), hier, un orque* m'a suivi (2) à huit kilomètres de la côte. C'est un animal très intelligent. Il a un cerveau six fois plus gros que . . . (3) d'un requin. L'orque (devoir) (4) penser que *j'avais peur de tout* (5) et il ne . . . (6) a pas attaqué.
   . . . (7) expédition n'est pas une aventure (décider) (8) sur un coup de tête. J'ai travaillé quatre mois à ce projet. Pour naviguer sur une planche à voile dans les eaux (surveillé) (9) du monde, . . . (3) où l'Amérique et (russe) (10) s'épient le plus, j'ai vu tous les diplomates qu'il est possible de rencotrer.

8. Dans les coulisses de la cascade

1. Trouvez une paraphrase ou une expression synonyme des expressions suivantes d'après leur sens dans le texte:
   a. à l'écart du monde (21)
   b. après nous avoir indiqué trois emplacements successifs (32–34)
   c. l'équipe se ressoude (35/36)
   d. il accomplit son exercice (37/38)
   e. le plus dur moment est passé (100)

---

* un orque: dt. Schwertwal

2. Faites une liste de tous les mots se référant à l'automobile dans ce texte; complétez la liste ainsi obtenue.

3. Grammaire contextualisée
   Refaites le texte suivant. Il faut
   (1) mettre le verbe entre parenthèses à la forme voulue par le contexte
   (2) ajouter le pronom indéfini qui convient
   (3) remplacer la construction en italique par une autre avec préposition et participe
   (4) remplacer l'infinitif par une subordonnée
   (5) mettre la phrase au passé composé
   (6) ajouter l'adjectif démonstratif qui convient
   (7) remplacer le substantif en italique par le pronom qui correspond (en changeant l'ordre des mots)
   (8) mettre la phrase en italique à la voix passive

   Aussi paradoxal que cela (pouvoir) (1) paraître, pour nous, ... (2) commence le dimanche soir. Déjà, *quand le flot de spectateurs rejoint* (3) les issues de la piste pour sortir, l'impression *de tout reprendre* (4) à zéro nous gagne. Les moteurs se taisent, la sono s'éteint (5). Il faut qu'en deux heures tout (être) (1) déblayé, les voitures chargées et prêtes pour le départ du lendemain. Et puis, il y a ... (6) envie qui nous prend de suivre le public, d'aller retrouver *le public* (7) dans les cafés de la ville, d'aller signer la photo *que l'on nous tend* (8).

9. Mon ami, le lion

1. Faites deux listes à partir des mots suivants en les classant dans les rubriques «le fauve» ou «la savane»:
   le sol d'herbes rases — les griffes — la gueule — géant — la brousse — se dresser — flairer — l'ombre — menaçant — gronder — les denses branches — l'air immobile — terrifiant — se coucher
   Ajoutez encore trois autres expressions de chacun de ces deux domaines.

2. *J'avais beau* m'entêter, les images perdaient leur valeur.
   avoir beau (+ infinitif) remplace *bien que, quoique (+ verbe)*

   Transformez les phrases suivantes:
   a. Bien que je ne bouge pas, le lion commence à gronder.
   b. Quoique Patricia essaie de le rassurer, il se dresse à demi.

c. Bien que je veuille rester tranquille, je ne peux pas m'empêcher de trembler.
   d. Bien que je me souvienne d'un dompteur au cirque, cette idée ne m'aide pas.
   e. Bien que Patricia reste près du lion, je ne veux plus avancer.

3. Grammaire contextualisée
   Refaites le texte suivant. Il faut
   (1) mettre la phrase à la forme négative
   (2) ajouter l'adjectif possessif qui convient
   (3) remplacer la proposition relative par un participe
   (4) mettre en relief la partie en italique de la phrase
   (5) ajouter le pronom possessif qui convient
   (6) ajouter la préposition voulue par le contexte
   (7) mettre l'adjectif entre parenthèses à la forme correcte
   (8) parmi les mots entre parenthèses, choisir celui qui convient
   (9) mettre l'expression entre parenthèses à l'imparfait

   «Tout va bien,» chantonnait Patricia.
   Elle s'adressait toujours (1) à King; sa chanson était la voix de ... (2) accord avec le monde. Un monde qui connaissait (3) et barrières et cloisons (1). Et *ce monde* (4) devenait aussi ... (5). Je découvrais que j'étais comme délivré ... (6) une incompréhension et ... (6) une terreur (immémorial) (7). Et que l'échange, la familiarité qui s'établissaient (3) ... (6) le grand lion et l'homme montraient qu'ils ne relevaient pas (chacun/chaque) (8) d'un règne interdit à l'autre, mais qu'ils (se trouver placé) (9), côte ... (6) côte, sur l'échelle unique et infinie des créatures.

10. Martin n'est pas rentré

1. Trouvez une paraphrase ou une expression synonyme des expressions suivantes d'après leur sens dans le texte:
   a. l'obscurité naissante (7)
   b. j'y porte toute mon attention (20)
   c. nous avons établi notre camp (50)
   d. aux limites des possibilités de nos camions (53/54)
   e. un retour «en catastrophe» (79)

2. L'auteur parle d'un «décor fantastique». Nommez quelques-uns des éléments qui y contribuent.

3. Grammaire contextualisée
   Refaites le texte suivant. Il faut
   (1) remplacer le présent du verbe par le futur proche
   (2) ajouter la préposition correcte
   (3) mettre le mot entre parenthèses à la forme voulue par le contexte
   (4) ajouter le pronom indéfini qui convient
   (5) ajouter le pronom démonstratif qui convient
   (6) remplacer la construction avec l'infinitif par une autre
   (7) remplacer les éléments en italique par un participe

   La fin d'avril approche, il faut (1) songer ... (2) rentrer. Notre voyage de retour nous ramène à Mertoutek. Je bois le thé avec mon ami Rali qui, (régulier) (3) guide les touristes vers les peintures ... (2) haut Mertoutek. Mais, malgré ... (4) mes efforts et ... (5) des hommes du village, je n'arrive pas ... (2) savoir où se trouve Mohammed, mon frère Touareg. Je sais qu'il (être) (3) très déçu d'apprendre (6) mon passage et mon départ sans que nous (avoir partagé) (3) un dernier thé. Nous irons donc ... (2) sa recherche *et nous fouillons* (7) systématiquement tous les oueds.

11. L'avion fantôme

1. Faites une liste de tous les mots se référant à l'avion dans ce texte. Complétez la liste ainsi obtenue.

2. Dans les groupes de mots suivants, il y a un mot qui n'est pas à sa place. Lequel?
   a. l'épave — la brèche — la carcasse — la bague — les décombres — la bouillie
   b. se déplacer — disparaître — émerger — sortir — s'approcher — balbutier
   c. les genoux — le frisson — la tête — le bras — le pied — la bouche — la gorge
   d. crier — gémir — se dresser — haleter — balbutier — chuchoter
   e. machinalement — court — neigeux — vague — hideux — sonore

3. Grammaire contextualisée
   Refaites le texte suivant. Il faut
   (1) remplacer la construction précédente par une autre avec participe
   (2) ajouter la préposition qui convient
   (3) remplacer le mot en italique par un autre qui a le même sens
   (4) remplacer l'infinitif par une proposition subordonnée
   (5) ajouter le pronom indéfini voulu par le contexte
   (6) remplacer le substantif par le pronom démonstratif
   (7) remplacer le participe par une proposition relative
   (8) remplacer l'adjectif par l'adverbe qui correspond
   (9) mettre la phrase au passé simple
   (10) ajouter le pronom relatif voulu par le contexte

Isaïe marchait sur des débris de verre et s'apprêtait (1) . . . (2) franchir une barricade de fauteuils renversés, quand une faible plainte arrêta son élan. Il recula d'un bond, comme s'il *avait* (3) heurté quelqu'un sans le vouloir (4). L'air manquait . . . (2) ses poumons. La plainte continuait. Cela venait de . . . (5) près. Isaïe fléchit les jarrets et pencha le buste (1) . . . (2) avant. Deux dossiers de cuir, inclinés l'un vers l'autre, formaient une guérite. A l'intérieur de *la guérite* (6), reposait un paquet d'étoffe et de fourrure geignant (7) (pauvre) (8). Depuis quatre jours, ce rescapé luttait (inconscient) (8) contre la mort. Isaïe allonge les bras, palpe le corps, le saisit, le tire vers la lumière (9). Puis, il dénoua le gros foulard de laine grise . . . (10) entourait le visage de l'inconnu.
— Une femme! dit-il à voix basse.

12. Les pommes d'or du paradis

1. Quel équipement et quel matériel faut-il
   a. pour partager la vie des cow-boys de l'Ouest
   b. pour descendre la «Rivière sans retour»
   c. pour explorer les îles des Seychelles?
   Nommez au moins cinq objets pour chacune de ces formules.

2. Dans quels pays se trouvent les curiosités suivantes?
   a. la jungle amazonienne
   b. les felouques du Nil
   c. la Rivière sans retour
   d. les montagnes du Hoggar

3. Grammaire contextualisée
   Refaites le texte suivant. Il faut
   (1) ajouter la préposition qui convient
   (2) mettre l'adjectif entre parenthèses à la forme correcte
   (3) ajouter le pronom relatif voulu par le contexte
   (4) mettre le verbe entre parenthèses à l'impératif
   (5) mettre l'adjectif au superlatif de supériorité
   (6) mettre l'adjectif au superlatif d'infériorité
   (7) remplacer la proposition relative par un participe
   (8) remplacer l'expression en italique par l'adverbe pronominal qui convient

   Préférez ... (1) hôtels 4 étoiles le luxe d'une (somptueux) (2) villa ... (3) vous louerez ... Jamaïque (1), ... Grèce (1) et ... Portugal (1). Et (choisir) (4) plutôt la Jamaïque: ce sont les maisons (beau) (5) et (cher) (6), les milliardaires américains qui les possèdent (7) séjournent *dans ces maisons* (8) surtout l'hiver. ... été (1), les prix baissent ... (1) moitié.

13. Le salaire de la peur

1. Cherchez *le substantif* correspondant:
   inquiétant, méchant, éclairer, creuser, voler

   Cherchez *l'adjectif* correspondant:
   la peur, le muscle, une amertume, la pluie, la saison

2. Donnez le contraire des mots en italique d'après leur sens dans le texte:
   a. un *inquiétant* miracle (7)
   b. aux contours *nets* (10)
   c. les chemises *trempées* (24)
   d. il *éteignait* les phares (27)
   e. les muscles *relâchés* (30)

3. Grammaire contextualisée
   Refaites le texte suivant. Il faut
   (1) mettre le verbe entre parenthèses au passé composé
   (2) remplacer la construction en italique par une autre qui exprime la même chose
   (3) choisir le mot entre parenthèses voulu par le contexte
   (4) ajouter le pronom démonstratif qui convient
   (5) mettre le verbe entre parenthèses au futur du passé
   (6) mettre l'adjectif entre parenthèses au comparatif
   (7) ajouter le pronom indéfini qui convient
   (8) mettre le mot entre parenthèses au passé proche
   (9) ajouter la préposition correcte
   (10) ajouter le pronom personnel qui convient

   La lueur (devenir) (1) plus intense. A chaque instant, *il se croyait arrivé* (2), il scrutait la nuit de plus (proche/près) (3). Pas encore. Il entendait résonner les voix de ... (4) qui (l'accueillir) (5), mais ce n'était pas vrai. Une nuit (dense) (6) l'a enveloppé de ... (7) parts, et il (ne pas comprendre) (1) que le jour (poindre) (8). Puis la fumée a recommencé ... (9) flotter, et, par une déchirure, il a vu *des hommes venir* (2) ... (9) sa rencontre. Ils agitaient les bras pour ... (10) faire signe *de ne pas avancer* (2) davantage.
   — Bravo, gars! Tu as gagné!

14. Au centre du désert

1. Citez cinq éléments (substantif + adjectif) qui vous semblent caractériser le désert.

2. Quel est l'adjectif correspondant?
   la mort, la chaleur, un horizon, le silence, la lumière

3. Grammaire contextualisée
   Refaites le texte suivant. Il faut
   (1) mettre le verbe entre parenthèses au passé proche
   (2) mettre le mot entre parenthèses à la forme voulue par le contexte
   (3) ajouter la forme correcte de l'adjectif démonstratif
   (4) remplacer le substantif par le pronom personnel en changeant l'ordre des mots si nécessaire
   (5) mettre le verbe entre parenthèses au conditionnel
   (6) mettre en relief la partie en italique de la phrase
   (7) ajouter le pronom indéfini qui convient
   (8) mettre le contraire du mot entre parenthèses
   (9) ajouter la préposition correcte
   (10) ajouter l'adjectif indéfini qui met en relief le substantif précédent
   (11) mettre la phrase précédente au futur

Mais ce Bédouin et son chameau qui (se démasquer) (1) de derrière ce tertre, voilà que (lent) (2) ils s'éloignent. Peut-être ... (3) homme est-il seul. Un démon cruel nous a montré *l'homme* (4) et retire *l'homme* (4). Et nous ne (pouvoir) (5) plus courir!
Un autre Arabe (6) apparaît de profil sur la dune. Nous hurlons, mais ... (7) (haut) (8). Alors, nous agitons les bras et nous avons l'impression ... (9) remplir le ciel ... (9) signaux immenses. Mais ce Bédouin regarde toujours vers la droite. Et voici que, sans hâte, il a amorcé (1) un quart de tour. A la seconde ... (10) où il se présente, tout est accompli (11). C'est un miracle. Il marche vers nous sur le sable, comme un dieu sur la mer ...

15. Aux portes de l'enfer

1. le chêne-liège — le nez — le béret — la jeep
   Trouvez encore:
   a. cinq noms d'arbres
   b. cinq noms se rapportant au corps humain
   c. cinq noms de vêtement
   d. cinq moyens de transport

2. Loriot est d'origine *malgache*; il vient de *Madagascar*. Trouvez les adjectifs correspondant aux pays suivants:
   l'Autriche – l'Alsace – les Etats-Unis – la Bretagne – l'Espagne – la Grèce – l'Italie – le Mexique – la Provence – la Suisse
   Comment désigne-t-on les habitants de ces pays?

3. Grammaire contextualisée
   Refaites le texte suivant. Il faut
   (1) ajouter la préposition correcte
   (2) remplacer le substantif par le pronom qui correspond en changeant l'ordre des mots
   (3) mettre l'adverbe entre parenthèses au superlatif
   (4) mettre l'adjectif entre parenthèses à la forme adverbiale
   (5) mettre le mot entre parenthèses à la forme voulue par le contexte
   (6) remplacer la proposition relative par un participe
   (7) mettre cette phrase au conditionnel passé
   (8) ajouter l'article partitif

   Albertini se sentait responsable ... (1) la Section d'épreuve. On avait confié à *Albertini* (2) la rééducation des disciplinaires et il pensait agir au (bien) (3) de leurs intérêts. Parce qu'il croyait (sincère) (4) qu'un homme heureux (être) (5) un homme qu'on prend en mains (6), un homme qui ne réfléchit pas (6), qui ne discute pas les ordres (6). Un légionnaire. Il avait foi en les (vieux) (5) méthodes brutales de la légion. Il pensait qu'un légionnaire (ne pas être) (5) un homme comme les autres. Albertini croyait au surhomme. Il serait sans doute fort étonné si on lui disait (7) qu'en vérité, il fabriquait ... (8) sous-hommes. Et il ne le croirait sans doute pas (7).

16. Dans les cachots de la mort

1. Vrai ou faux? Lisez bien le texte et corrigez les observations qui sont fausses.
   a. Lorsque Papillon descend l'escalier on l'appelle de tous les côtés.
   b. Papillon doit enlever sa veste parce qu'il en a besoin pour boucher un seau.
   c. Chaque matin, l'eau monte dans les cachots.
   d. Ceux qui passent plus de trois mois dans ces cachots sous-marins sont condamnés à perpétuité.
   e. Il y a un prisonnier dans ces cachots qui va mourir bientôt parce qu'il n'a plus la force de se lever.

f. Deux gardiens vident les seaux-cabinets.
g. Papillon reçoit un petit paquet qui lui arrive de ses amis.
h. Il allume une cigarette et lit le message à la lueur du couloir.

2. Qu'est-ce qui rend les cachots sous-marins si terribles? Enumérez tout ce qui vous paraît répugnant.

3. Grammaire contextualisée
   Refaites le texte suivant. Il faut
   (1) ajouter le pronom démonstratif
   (2) mettre l'expression en italique à la voix passive
   (3) ajouter le pronom relatif voulu par le contexte
   (4) ajouter la forme correcte de l'article partitif
   (5) combler la lacune en ajoutant le sujet neutre
   (6) ajouter le pronom personnel qui convient
   (7) mettre le mot entre parenthèses à la forme correcte
   (8) remplacer le substantif par l'adjectif correspondant
   (9) mettre le mot entre parenthèses au comparatif
   10) combler la lacune par une préposition s'il le faut

   Parmi ... (1) qui liront ces pages, si un jour *on les édite* (2), certains auront peut-être, du récit de ... (3) je dois supporter dans ces cachots colombiens, un peu ... (4) pitié pour moi. ... (5) sont les bons. Les autres diront: «C'est bien fait pour ... (6), il n'avait qu'à rester au bagne, ... (5) ne lui serait pas arrivé.» Eh bien, voulez-vous que je vous (dire) (7) une chose? Je ne suis pas (désespoir) (8), mais pas du tout, et je vous dirai (bien) (9) encore: je préfère ... (10) être dans ces cachots de la (vieux) (7) forteresse colombienne, bâtie par l'inquisition (Espagne) (8), qu'aux Iles de Salut où je devrais être à l'heure actuelle. Ici, il ... (6) reste encore beaucoup ... (10) tenter et je suis, même dans ce trou pourri, ... (10) deux mille cinq cents kilomètres du bagne.

Quellennachweis

Text 1   Aus: Une famille à la mer. L'Express v. 25.8.1979
Text 2   Aus: Les Gueldry ou l'Europe pas à pas. L'Express v. 9.8.1980
Text 3   Aus: Deux jeunes filles au Ladakh. L'Express v. 21.6.1980
Text 4   Aus: Les choses. © 1965 René Julliard Ed., Paris
Text 5   Aus: Paris – Dakar: leurs vacances en enfer. L'Express v. 17.1.1981
Text 6   Aus: Annapurna premier 8000. © 1951 Ed. Arthaud, Paris
Text 7   Aus: Amérique – Russie en planche à voile. Paris Match no. 1581 v. 14.9.1979
Text 8   Aus: Dans les coulisses de la cascade. Atlas no. 98 v. Aug. 1974
Text 9   Aus: Le lion. © 1958 Ed. Gallimard, Paris
Text 10 Aus: Le Hoggar. Montagnes Magazine no. 21, Eté 1980
Text 11 Aus: La neige en deuil. © 1952 Ed. Flammarion, Paris
Text 12 Aus: Les pommes d'or du paradis. L'Express v. 5.4.1980
Text 13 Aus: Le salaire de la peur. © 1950 René Julliard Ed., Paris
Text 14 Aus: Terre des hommes. © 1939 Ed. Gallimard, Paris
Text 15 Aus: L'Epreuve. © 1977 Ed. Balland, Paris
Text 16 Aus: Papillon. © 1969 Ed. Laffont, Paris

Abbildungen:
Leonore Ander, München: S. 21; Bavaria-Verlag, Gauting: S. 9, 35; Jan Michael Kayser, München: S. 16, 49, 53, 66; Presseagentur Pandis, München: S. 26; Süddeutscher Verlag, München: S. 38, 63.